JN315628

剣客太平記

岡本さとる

時代小説文庫

角川春樹事務所

目次

剣客太平記

第一話　夫婦敵討《めおとかたきう》ち

一

打ち寄せる波は荒かった。

新春を迎えたといえど、早朝の砂浜には寒風が吹きすさび、海鳥の群れはかしましく鳴き騒いでいる。

雄々《おお》しい風景を前に、潮風を胸いっぱいに吸いこめば、男は何故《なぜ》か心が逸《はや》る。まして、江戸っ子ならばなおさらだ。

芝は金杉橋を南へ少し行った辺りに広がる浜辺——今ここに、二組の若い男達が居て、互いに小腰を屈《かが》め、腕まくりをして睨《にら》み合っている。

やくざ者ではない。

それは、男達の、意気が揚がってはいてもどこか己《おの》が恰好《かっこう》を気にする、愛敬《あいきょう》に充《み》ちた表情、仕草に窺《うかが》える。

その数は、それぞれ十人足らずではあるが、威勢のいい男達がこれだけ揃《そろ》えば、なかなかに壮観で、何とも物々しい。

「おう、塗り壁野郎！　今日こそは決着をつけてやらあ」

一方の兄貴格が吠《ほ》えた。

「望むところよ。屋根屋ごときになめられて堪《たま》るかってんだ！」

どうやら喧嘩《けんか》は、左官職と屋根葺《ふ》き職の対決のようだ。

浜の向こうの沿道に集まり始めた、野次馬達の噂話《うわさ》では、屋根が先か、壁が先か普請場での些細《ささい》な諍《いさか》いに端を発し、昨年暮れから両者の間は険悪なものとなっていた。

それが新年を迎え、四日は職人の行事始め――祝いの酒で盛り上がり、左官は勇み肌の太十《たじゆう》の下《もと》へ、屋根葺きは大力《だいりき》の政五郎《まさごろう》の下へ、それぞれ仲間を語り合い、今日の喧嘩となったらしい。

職人の身内達は、事の次第を知って、

「新年早々下らないことをするんじゃないよ」

と、方々で宥《なだ》めたが、ここまでくれば引くに引けない男の意地と、遂《つい》に対決の朝を迎えてしまったというわけだ。

〝火事と喧嘩は江戸の華〟

野次馬達も無責任に喧嘩を煽《あお》るものだから、もう誰にも止められなかった。

「よし！　やっちめえ！」

男達の興奮はいよいよ頂点に達し、左官と屋根葺きは激しくぶつかり合った。

その時である――。

「おう、待った待った！　仲裁は時の氏神《うじがみ》だ。この喧嘩、おれに預けてくんな……」

と、砂浜に一人の男が走り来た。

歳《とし》の頃は三十手前であろうか、伝法な口を利くが、腰には大小が帯されている。とりたてて長身ではないが、身体はがっちりと鋼《はがね》のごとく引き締まり、広い肩幅が、背丈以上に彼を大兵《だいひょう》に見せていた。

やや細面《ほそおもて》の張り出した頬骨《ほおぼね》の上で、ぎらぎらと光を放つ眼の輝きは尋常ではない。月代《さかやき》はきれいに剃《そ》りあげてはいるものの、地味目の綿入れと袴《はかま》姿は、いかにも武張《ぶば》っていて、どこぞの剣客に違いはなかった。

「どこのどなたかは存じやせんが、引っ込んでいておくんなさい……」

だが、一見して只者《ただもの》ではない剣客の言葉も、すっかり頭に血が上った太十と政五郎達の耳には届かない。

一旦火の付いた喧嘩は収まりそうになかった。

「おう、止《や》めろ、止めねえか、職人同士が喧嘩して、怪我《けが》すりゃあ家が建たなくなるぜ。おい、止めろ……」

割って入る剣客に、殴り合うはずみで若いのが一人、ドンッとぶつかってきた。

たちまち剣客の面相が〝魔神〟のごとく、凄《すさま》じいものへと変じた。あまり気が長い方ではないようだ……。

「この野郎……。止めろと言ったら止めねえか！」

叫ぶや、剣客は、辺りで暴れる職人達を片っ端から投げとばし、殴りとばし、蹴《け》り上げた。

その動きには寸分の無駄が無く、しかも、歌舞伎役者が〝荒事《あらごと》〟を演ずるかのように、勇壮にして華麗で、殺伐さが微塵《みじん》も感じられない、まさに芸術的なものであった。

その技があまりに美しいので、叩《たた》き伏せられる方も何やら〝夢心地〟で、思わずその場できょとんとして、剣客に見とれてしまうのだ。

たちまち喧嘩は収まった――。

「おれは、峡竜蔵《はざまりゆうぞう》という者だ。この喧嘩、預けてくれるな……」

俄《にわか》に現れた〝時の氏神〟は、にこりと笑って名乗りをあげた。

魔神のごとき形相《ぎようそう》が一変――その顔は、たちまち悪戯《いたずら》っ児《こ》のような無邪気なものとなった。

「峡竜蔵……」

「なんだ、そうでしたかい……」

呆然《ぼうぜん》として、峡竜蔵なる剣客を見つめ、太十、政五郎は嘆息した。

「峡の旦那がお出ましとなりゃあ、政五郎……」

「おう、太十、今度の喧嘩は預かって頂くしかねえな」

お預け致しましょうと、太十、政五郎、左官と屋根葺きの若い衆は頭を下げた。

「うむ、それでよし。すまねえな……」

峡竜蔵は片手で拝むと、豪快に笑った。

浜辺で見物していた野次馬達は、一斉に手を打って囃《はや》し立てた。

その後は、手打ちの宴《うたげ》となった。

峡竜蔵に喧嘩の仲裁をされた時は、互いにすべてを水に流し、とことん飲んで〝兄弟分〟の契《ちぎ》りを交わす――。

近頃、芝、三田《みた》界隈《かいわい》では、それが決まり事となっていた。

一同は、竜蔵を祭神のように崇《あが》めつつ、赤羽根《あかばね》の料理茶屋へと繰り出して、

「おう、政五郎、いや、兄弟、おれたちも、とうとう、峡の旦那に仲裁されるように

なったんだなあ」

「まったくだぜ、噂には聞いていたが、旦那の腕は大したもんだ。ありゃあひとつの芸だ。拝めただけでも冥加《みようが》だぜ」

などと、太十も政五郎も、おかしな感慨に浸っている。

「おいおい、たかが喧嘩の仲裁だ。冥加なんぞと言われては、何やら気恥ずかしいぜ」

我も我もと、若い衆が注《つ》ぎにくる酒を盃に受けて、武蔵坊弁慶《むさしぼうべんけい》のごとく、飲みっぷりも豪快な峡竜蔵は、すっかり職人達と打ちとけている。

この、峡竜蔵――昨年の夏頃から、芝は三田二丁目にある道場に移り住んできたのだが、直心影《じきしんかげ》流剣術指南の看板をあげながら、喧嘩の仲裁ばかりで名を知られるようになっていた。

砂浜で見せた、あれほどの腕を持つ剣客が、こうして町の職人達と飲み騒いでいるとは、まったくおめでたい。だが、そういう男を江戸っ子はこよなく愛するのだ。

元より〝宵越しの銭は持たぬ〟が信条――噂に聞いた〝時の氏神〟との出会いに、宴は夜が白むまで続くのであった。

「まあ、これで、道場の屋根と壁も安泰ってもんだ……」

朝を迎え、すっかりと酔いつぶれて倒れている、左官と屋根葺き職人達を残し、峡竜蔵は、赤羽根の何軒目だか忘れた料理屋を抜け出した。

赤羽橋の袂《たもと》に立つと、赤羽川から吹く風が、酔いを心地よく醒《さ》ましてくれる。

まだ酒が体から抜けきってはいないが、南へと歩き出した竜蔵の身のこなし、足取りには些《いささ》かの乱れもない。

酔いたい時は、一合の酒でもほろりとするが、気が張っていると二升飲んでもびくともせぬ。

竜蔵は、己が身体を自在に操る術《すべ》を会得していた。

伊達《だて》や酔狂で、このような喧嘩の仲裁をしているわけでもない。〝時の氏神〟となるのも、剣客として暮らしていく為の方便なのである。仕上げに出向く所がある。

酔い潰《つぶ》れてなどいられない。

「どれほどの奥儀を極めた剣客とて、何か食わねば死んでしまう。人とはどうも間抜けたものよ」

竜蔵は父虎蔵《とらぞう》の口癖をふと思い出した。

虎蔵は、直心影流十代の道統を継ぐ、藤川弥司郎右衛門近義《ふじかわやじろうえもんちかよし》の高弟であった。

剛剣で鳴らし、仕合では無敵の強さを誇ったが、酒好き、女好き、喧嘩好きの、とにかく破天荒な男であった。

それ故《ゆえ》、竜蔵の母・志津《しづ》とは諍いが絶えず、竜蔵が十歳の折に、遂に夫婦別れをしてしまった。

その頃、父の強さに憧《あこが》れて既に剣客になることを夢見ていた竜蔵は、弥司郎右衛門の許《もと》に内弟子として入門した。

何かと問題の多い虎蔵ではあるが、弥司郎右衛門はその生一本《きいっぽん》な気性と人一倍剣術へ純粋な想《おも》いを抱くこの弟子を愛し、庇《かば》った。そして、一所《ひとところ》に落ち着かず、師に願い出ては武者修行に出かける虎蔵の憂えを絶つために、竜蔵を手許に置いたのである。

その虎蔵は、竜蔵が十八歳の時、大坂で、河豚《ふぐ》の毒にあたって客死した。

どれほどの奥儀を極めた剣客も、ものを食べずには生きられない。

明日の米をいかにして得るか――それが剣客にとって何より大事なことなのだと、竜蔵と顔を合わせる度《たび》に言っていた虎蔵が、ものを食べることによって死んでしまったとは、何とも皮肉な話だと、好き勝手に生きた父親を嘲笑《あざわら》ったこともあった。

しかし、こうして、一人の剣客として独立した今、虎蔵の言葉の意味が身に沁《し》みてわかる。

剣客として身を立てることは、なかなか容易なことではない――。

やがて通りの向こうから、三味線《しゃみせん》の調子を合わせる音が聞こえてきた。

赤羽橋を南へ行くと、品川へ続く東海道に出る。その途中、東に広がる三田同朋町《どうぼう》は、ちょっとした盛り場になっていて、通りに面した小体《こてい》の仕舞屋《しもたや》風の家から、三味線の音色は聞こえてくる。

竜蔵はその家の戸をガラリと開けた。

「お才《さい》、終わったぜ……」

三味線の音が止み、土間の向こう、衝立《ついたて》の蔭から、お才と呼ばれた女の顔が現れた。

「御苦労さん、万事うまく収まったそうだね」

下ぶくれのふっくらとした顔が綻《ほころ》んだ。歳は竜蔵より三ツくらい下だろうか、一見、おっとりとした風に見えるが、少し腫《は》れぼったい目元には、なかなかに利《き》かぬ気が浮かんでいる。

この家に独りで暮らし、常磐津《ときわず》の師匠などしているお才である。これまで一筋縄で生きてきたわけではない様子が、その目から窺える。

「町場の喧嘩を収めるなんざ、わけもねえよ」

竜蔵は、上《あが》り框《がまち》に腰を下ろし、太い息をついた。

「それじゃあこれは礼金の二両、二分《ぶ》はあたしが貰《もら》っとくよ」

おオはそう言いながら、錦《にしき》で作った小袋の中身を竜蔵の横手にぶちまけた。

小銭で二両分ある。昨日のうちにおオが、左官、屋根葺き職人の女房や身内を回って集めたものである。

男達が粋《いき》がって喧嘩をするのはよいが、怪我でもされたら、女、年寄り、子供は稼ぎ手を失うことになる。

一日寝込むくらいなら、馬鹿だと笑ってすませられるが、手足が動かなくなれば、路頭に迷うことにもなりかねない。

「馬鹿の喧嘩を止めさせられないものか……」

あれこれ面倒見がよく、町の女達に何かと相談を持ちかけられるおオは、

「それなら、仲裁できる人に心当たりがあるから頼んでみるよ」

そう言って、昔馴染《なじ》みの峡竜蔵に白羽の矢をたてたわけだが、竜蔵が方々で仲裁に入ってからというもの、どんな喧嘩も必ず目出たく手打ちとなり、女達は僅《わず》かな金で難を逃れ、竜蔵、おオは共に、ちょっとした手間にありつけることになった。

道場を構えたとはいえ、未《いま》だ入門者の一人いるわけではなく、方便《たつき》がたたない竜蔵

にとって、〝時の氏神〟はありがたい内職なのである。

お才が二分を数えて財布にしまうと、竜蔵は懐《ふところ》から革財布を取り出し、残りの金をそこへ収めた。

「これでまた一息つけるってもんだ。それにしてもお才、お前はうめえこと弟子をとるな……」

竜蔵は、稽古場《けいこば》の壁に張られてある、お才の弟子の名札を見て嘆息した。

「それだけ、あたしがいい女ってことさ……」

お才はニヤリと笑った。

常磐津を習いにくる弟子は、唄や三味線を習いに来るのではなく、師匠のお才を口説《くど》きたくて通う、男の弟子が殆《ほとん》どである。

「上手に扱わないと、皆、余所《よそ》へ行ってしまうから、これはこれで大変なんだよ」

「そうだろうな……」

「まだ一人も弟子はつかないのかい」

「ああ、食いつなぐために喧嘩の仲裁をやったはいいが、そのお蔭で、この辺りの連中は、おれのことをきっと、暴れ者の馬鹿だと思っているんだろうよ」

「余計なお世話だったかい」

「いや、おれは弟子をとるために剣術をやっているんじゃねえんだ。お前には随分と助けられているぜ」

竜蔵はにっこりと頷《うなず》いた。

荒くれ達の喧嘩をぴたりと鎮めた、あの笑顔を向けられると、お才は、日頃、脂下《やにさ》がった軟弱者の男弟子を見慣れているだけに、何やら堪らないくらい、気持ちが弾んでしまう。

「竜さんには、昔、随分と助けてもらったからね」

お才の母親はお園《その》といって、元は深川の名うての三味線芸者——下谷《したや》上野町一丁目で常磐津の師匠をしながらお才を育ててくれたのであるが、お才の父親の名は終《つい》ぞ口にしなかった。

それ故に、お才は十五、六の小娘の頃に随分とグレた。母親仕込の三味線で上野広小路から、山下にかけて、夜な夜な流し歩いて、遊び呆《ほう》け危ない目にも何度もあった。

その時、妹のように可愛《かわい》がってくれて、ことあるごとに、身を守ってくれたのが、竜蔵であったのだ。

当時、竜蔵は下谷長者町にある、藤川弥司郎右衛門の道場で暮らしていて、父親が河豚にあたって死んだやりきれなさに、竜蔵もまた、夜になると道場を抜け出し、喧嘩にうさを晴らしていたのだ。

その後はお園と死別し、お才もいつしか分別がつき、竜蔵も、父・虎蔵の死から立ち直り、剣術に夢中になる日々を送り、二人は疎遠となった。それが、偶然にも互いに三田に移って目と鼻の先に稽古場を持つことになり懐かしさも手伝って、今は持ちつ持たれつ、ちょっと大人の洒落《しゃれ》た付き合いをしているわけだ。

「今、お茶を入れるよ。酔いを醒ましていったらどうだい」

「いや、おれがここに長居をして、お前の男の弟子が、おかしな勘繰りなどしたら商売の妨《さまた》げになる。なに、酔いを醒ますのは、汗をかくのが一番だ。お才、また、頼んだぜ！」

竜蔵は一両二分を収めた革財布を掲げて見せると、これを懐にしまい、やがて脱兎《だっと》のごとく駆け出した。

「まったく、忙しい男だねえ……」

慌てて下駄をはき、表へ出て見送りつつお才は呟《つぶや》いた。

この男と会った後は、いつも辺りに爽《さわ》やかな風が吹く……。

竜蔵が暮らす道場は、お才の家を出て南へ向かい、西方の聖坂《ひじり》へと続く道を曲った所にある。

二

腕木門《うでぎ》を潜《くぐ》ると、左に道場の出入口、右手に母屋の玄関があり、道場と母屋は、板間の門人用の控え場で繋《つな》っている。

道場は二十坪ばかり、母屋には六畳間が二部屋に、三畳の小部屋、台所があり、こぢんまりとはしているが、一人の門人もなく、ただ一人で暮らす竜蔵にとっては、広過ぎる家屋である。

元は、直心影流の剣客・青木《あおき》半之丞《はんのじよう》の道場であったが、老齢を理由に、青木が道場を畳んで上州《じようしゆう》高崎に隠棲《いんせい》してしまったことで、一年くらいの間、空き家になっていた。

青木にこの道場を託されていた、藤川弥司郎右衛門は、昨年、寛政十年（一七九八）四月に七十三歳で、その生涯を閉じた。その死に際し、我が子のように育ててきた竜蔵に、免許と共にこれを与えた。

「これより先は、流派にとらわれず、己が剣をつきつめていくがよい……」

この言葉を添えて――。
お才の家から駆け戻った竜蔵は、その勢いのまま道場に上がった。
二、三町の道のりである。
全力で駆けたとて、息ひとつ乱れていない。
見所《けんしょ》の壁に一幅の掛け軸がかかっている。
〝剣俠〟
と、大書されている。
剣に長じ、俠気《きょうき》ある者――。
「虎蔵に似合いの言葉よ……」
いつか道場を持った時の餞《はなむけ》にと、師である弥司郎右衛門が、生前書き遺《のこ》したものだ。
師の想いも虚《むな》しく、一所に落ち着かぬまま虎蔵は客死した。
そして、弥司郎右衛門の死後、この掛け軸は、竜蔵に受け継がれた。
剣客としての道に思い悩む時、竜蔵はこの掛け軸をじっと眺める。すると、
――剣客である前に、まず人たれ、男たれ。
師が、父が、そう語りかける。
剣名をあげるばかりが道ではない。

そして、自分にこう言い聞かせる。

剣の道は、他人が己をどう思うかではない。己が己の剣をどう思うかに尽きる。己が満足できる剣を求め、侠気を持って生きるのだ……。

師と死別してよりこの方、そんな日々が続いている。

竜蔵は、この掛け軸に一礼すると、すらりと腰の大刀《だいとう》を抜き放《はな》った。

藤原長綱《ふじわらながつな》二尺三寸五分（約七十一センチ）の名刀――父・虎蔵の形見である。

「えいッ！」

竜蔵が繰り出す一刀が虚空を斬り裂いた。

師・藤川弥司郎右衛門直伝の型に工夫を加えた、竜蔵の真剣による素振りがしばし続いた。

一晩酒に浸り、鈍りきった身体を目覚めさせるに充分な稽古である。

竜蔵の裂帛《れっぱく》の気合が響き渡り、えも言われぬ緊張と、厳《おごそ》かな空気が道場に漂っていた。

夜を徹して飲もうと騒ごうと、自らに課した稽古は、何があってもやり通す竜蔵であった。

――それでなくては、師がこの道場を与えてくれた恩に背くことになる。

小半刻《こはんとき》（約三十分）も刀を振ったであろうか――。

竜蔵は人の気配に動きを止めた。

道場の出入口に何者かが居る――。

ジロリと見据えると、四十過ぎくらいの中年男が、少し慌てて威儀を正した。

抜身《ぬきみ》を引っ下げた竜蔵に睨まれたのだ。恐れるのも無理はなかろう。

「これは御無礼仕《つかまつ》りました……」

男は小柄で痩身《そうしん》――蚊蜻蛉《かとんぼ》のような体を折り曲げて一礼すると、まことに貧相である。しかし、袴を穿《は》き、腰に大小を差しているところを見ると、侍であるのは確かなようだ。

「表の武者窓から拝見致しますと、真剣をもっての物々しい御様子。何やらお声をかけるのも憚《はばか》られ、案内も乞《こ》わず、道場まで参った次第にて……」

「ああ、そうでしたか……」

道場の外壁の一部は通りに面し、外から稽古の様子が見えるようになっている。

道場稽古の宣伝のための工夫であるが、これを見て訪ねてきたのが、この中年男一人とは、甲斐《かい》のない話だ。

とにかく、竜蔵は刀を鞘《さや》に収めて応対に出た。

「して、何用にござるか……」

相手の口調に合わせて、侍言葉で応《こた》えたが、どこかぶっきらぼうな響きである。

――どうせ、一人しかおらぬ道場を見て、物珍しさに訪ねてきたのであろう。

暇を持て余す浪人者にこの手合は多い。

「某《それがし》は、竹中庄太夫《たけなかしょうだゆう》と申しまする。親の代からの浪人でございましてな、はッ、はッ、はッ……」

――やはりそうだ。

稽古の邪魔である。早々に追い返そうと思いつつ、深く刻まれた皺《しわ》を立たせ、にこやかに頬笑《ほほえ》む様子は、猿のように愛敬があり、心を引き付けられるものがあった。

「お見受け致しまするに、御弟子は一人もござらぬようにて」

「お察しの通りで……」

何か文句があるのかという言葉を竜蔵は呑《の》みこんだ。剣の道は、人が己をどう思うかではない……などと自分を戒めつつも一人くらい入門者があってもよいだろうと、近頃ではさすがに内心ふて腐れている竜蔵であった。

その辺の心の動きを瞬時に見てとったか、

「これはいらぬことを申しました。もしや、弟子はとらぬと、お決めになっているのかと思いましてな」

　竹中庄太夫は、すぐに言葉を付け加えた。そこは、竜蔵より一回り以上歳を重ねている。如才がなかった。

「弟子を取らぬとは決めておりませぬが、殊更《ことさら》に大言を吐き、募《つの》るような真似《まね》はしたくはござらぬ」

「なるほど、近頃は商人と見紛うような剣客が多い中、御立派なお心がけにござりますな」

「いやいや、それほどでも……」

「では、当道場への入門を、お願いしてもようございますかな」

「入門……！　そ、それはもう……」

　この竹中庄太夫という男、どうやら息子の師匠を探していたようである。

　初めての入門者に、竜蔵は弾む心を押えて、

「とにかく話を聞きましょう、まずお上がり下さりませ……」

と、一転して愛想よく、庄太夫を道場へ招き入れた。

「して、歳はいくつでござるかな」

「はい、四十二になり申した」

「ああ、いや、竹中殿のお歳ではござらぬ」

「はて、誰の歳にござるか」

「御子息の歳でござる」

「御子息……。某に倅《せがれ》はおりませぬ」

「え……、では入門を望むというのは……」

「はい、某でござる！」

「え……？」

この親爺《おやじ》、からかいに来やがったかと、竜蔵は唖然《あぜん》として庄太夫を見た。

しかし、庄太夫は至って真剣で――、

「死んだ父親は常々、某に、お前は体が貧相ゆえ、読み書き算術に励むがよい。さすれば道も開けようと申しておりました。なるほど泰平《たいへい》の世にはそれが何よりと思い、若き頃はその教えに従い、お蔭で浪人暮らしを、代書屋《だいしょ》の内職などで凌《しの》げるようになりました。しかし、某も身は貧相なれど武士の端くれ、ろくに剣も使えずこのまま年老いていくのはいかがなものかと……」

そう思い悩むようになったところ、昨日、芝の砂浜で豪快に喧嘩の仲裁をする竜蔵を見て、

「この御仁ならば……」

と、思ったのだと言う。

喧嘩の仲裁を見かけて入門したいというのも、何やらおかしいが、

「何より某は、先生の人柄に惹《ひ》かれましてな」

「おれの人柄？」

「強さの奥に、えも言われぬ優しさを覚えました。強い者は優しくなければなりませぬ」

「優しさねえ……」

「是非、御入門をお許し頂きとうござる。さらにこの道場は……」

「何です？」

「某の住まいから近《ちこ》うござってな。はッ、はッ、はッ……」

まったくとぼけた〝小父《おじ》さん〟である。

「おれは二十八ですよ。竹中殿の十四も下だ。若造に入門して、あれこれ叱《しか》られて、平気なんですすか」

竜蔵の口調もだんだん、くだけてきた。

「歳は問題ではござらぬ。先生の方が剣術に打ち込まれた歳月は、某よりはるかに長

いはず。まあ、年寄りを労わるつもりで稽古をつけて頂ければ……」

この小父さんと話していると頭《いた》が痛くなってくる——。

「入門の願いの儀、よくわかりました。だが、この峡竜蔵の剣術指南は、なかなか厳しゅうござるぞ。真剣での型の稽古など、まかり間違えば命を落とすことがあるやもしれぬ。もう一度よく考えた上で、出直して参られるがようござろう」

竜蔵は、脅しつけるように、野太い声で、威厳をこめて言い放った。

なかなか面白い男ではあるが、記念すべき一番弟子がくしゃみをしたら飛んでしまうような小父さんというのはどうも気が引ける。

「う〜む……。先生がそう仰《おお》せならば、まず本日は出直すことと致しましょうか」

庄太夫はしばし考えた後、神妙に頷いて見せた。

「そうなされよ。とにかく、よく考えることでござる」

庄太夫は、恭々《うやうや》しく一礼をすると、しからば御免と帰っていった。

「やれやれ……」

これだけ、考えろと言っておけば、もう諦《あきら》めるに違いない。

竹中庄太夫は、浪人とはいえ、代書屋の稼ぎも悪くないのであろう、身形《みなり》もこざっぱりとしていた。入門を許せば幾ばくかの束脩《そくしゅう》の金も入るだろうが、懐には、お才が

あった。

何たる体力か――一晩飲み明かした酒はすっかりと抜け、眼は輝きを増すばかりで
と、型の稽古を続けた。

「やあッ！」

竜蔵は、再び〝剣俠〟の掛け軸に一礼すると、抜く手も見せず大刀を振りかぶり、

「まあ、何とかなるだろう……」

世話をしてくれた仲裁の礼金がある。


翌日。

竜蔵は、朝から黙々と日課をこなしていた。目覚めるや、水一杯を飲み、道場に出て、重さが一貫目（約三・七五キロ）の素振り用の木刀を千回振る。

その後、昨夜、夕餉《ゆうげ》をとった居酒屋で拵《こしら》えてもらった握り飯に味噌《みそ》を塗り、これを火鉢で炙《あぶ》って朝餉とし、再び道場に出て、木太刀《きだち》をとり、型の稽古を始め、己が工夫を盛り込み、時に真剣を抜いて確かめる――。

「構えた剣の向こうに、軍神《いくさがみ》のようなものが浮かんでくる……。己を追いこんでいくと、そのような時があるものだよ」

だから剣術はおもしろいのだと、厳しい稽古に、心が折れそうになる、十五、六の頃の竜蔵を、父・虎蔵は励ましてくれたことがある

殆ど一緒に居たことのない父との思い出は、それだけに鮮烈に心に残っていて、近頃は父が語った一言一言がやたらと思い出される。

軍神は依然として、剣先に現れぬが、境地に達する意味を、鍛練を重ねた竜蔵はわかっている。

今、愛刀を抜き放ち青眼に構えた向こうに、目には見えねど、何かがそこに潜んでいる気配がした。

――いや、他にも気配が。

ふと見ると、道場の出入り口に畏《かしこ》まる、竹中庄太夫の姿があった。

――また、来やがった。

出直すと言っていたことである。竜蔵は、仕方なく庄太夫を請じ入れた。

「某、あれからよく考えましたが、考えれば考えるほど、ここに入門するべきだと思われました」

開口一番、庄太夫はこう言い切った。

――この小父さん、本気なのか。

もう少し、きつく言って追い返せばよかったかと、返す言葉を探す竜蔵に畳みかけるように、庄太夫は続けた。

「峡先生ほどの達人が、ただ一人でこの道場に暮らし、剣名をあげることに背を向け、喧嘩の仲裁などしておられる。某はたまらなく心を惹かれました。定めて、先生は、世渡りや口舌の巧みさで、一端《いっぱし》の剣客を気取るような輩《やから》は許されぬのでござりましょう」

「うむ、まあ……」

庄太夫の言う通りである。

竜蔵は、理屈で己が技の拙《つたな》さを取り繕《つくろ》ったり、したり顔で人を評する剣客を見ると黙っていられず、誰であろうがやり込めてしまうので、藤川道場の中でも孤立しがちであった。

それ故に、自分の死後は、居場所がなくなるであろうと、弥司郎右衛門は、竜蔵にこの道場を与え、独立させたのである。

「いやあ、私は惚《ほ》れました。先生に惚れこみました」

こんな中年男に惚れられても仕方がないが、随分と年上の男に、己の意気地を誉《ほ》められるのは、嬉《うれ》しいものだ。自然と顔が綻んだ。

「私は、鍛えがいのない親爺ではございますが、弁が立つし、筆も算盤《そろばん》の腕も立ちます。弟子にしておくと、この道場にとって何かと便利だと思うのですがね」

だんだんと、話し口調が慣れ慣れしくなってきた庄太夫であるが、言われてみればそのようにも思われる。

まだまだ若造で、世渡り下手な竜蔵の道場に、庄太夫のような世慣れた男がいるのも悪くはない。

——だが剣術の師弟たるもの、損得勘定で結ばれるものではない。

やはりこの男は追い返そうと思った時——道場に新たなる来訪者があった。

出入口で頭を下げているのは男女の二人連れで、男の方は侍で、庄太夫と同じような痩身の小男であるが、歳は竜蔵より三つ四つ下で、面長《おもなが》の整った顔立が、何とも頼りなさそうにおどおどとしている。

その横に居るのは、同じ歳頃の町人の女で、若侍とは対照的に、どっしりと構え、物怖《ものお》じせず、いかにも天真爛漫《らんまん》な様子で頬笑んでいる。

「おお、参られたか、まずは上がられよ」

二人の姿を見るや、庄太夫は道場へ招いた。

何やらもうすっかり弟子気取りである。

「先生、私はまあ、そのうちじっくりと鍛えて頂くとして、まず、この御仁の話を聞いてあげて下さいますか」

「おいおい、いったい何の話だよ……」

「いや、それが昨夜、私の行きつけの居酒屋で知り合ったのですが、これがまた、気の毒な話なんですよ」

「気の毒か何か知らないが、そんな話なら役所へ行ってくれ！」

いい加減にしてくれと声を荒らげた竜蔵を宥めるように、庄太夫は手で制した。

「役所など何の役にも立たないことなのです。先生に敵討ちの手助けをお願いしたいと……」

「敵討ち？」

「はい。義を見てせざるは勇無きなり……。でござりますぞ」

「わかった……。敵討ちとは穏やかではない。話を聞こう……」

三

庄太夫が連れて来た二人は、竜蔵の前に並んで座った。様子を見るに、侍と町人ではあるが、夫婦であると思われた。しかも、万事、女の尻に敷かれている、真《まこと》に風変りな二人連れである。

庄太夫はというと、まるで家老か用人のように竜蔵の斜め横に座り、澄まし顔をしている。

相変わらず緊張におどおどしている末生《うらな》り瓢箪《ひょうたん》が口を開いた。

「拙者、黒鉄剣之助《くろがねけんのすけ》と申しまする」

「黒鉄剣之助……」

「名前負けもええとこですやろ……」

竜蔵の心中を言い当て、女の方がからからと笑った。上方者《かみがた》のようだ。

「お蔦《つた》……。横から口を挿《はさ》まなくてもよいではないか……」

名はお蔦と言うらしい。どこまでも明るい女だ。

話によると――。

剣之助は、九州豊後《ぶんご》で五万石を領する豊津《とよつ》家で、郡《こおり》奉行を務めていた黒鉄剛太郎《ごうたろう》の弟である。

兄・剛太郎は勤勉実直な男であったが、五年前に、城下に逗留《とうりゅう》していた農学者・水《み》橋壱岐《はしいき》に、新田開発の為に用意した金を奪われ、殺害された。

これにより、黒鉄家は改易。御家からは、姿をくらました水橋壱岐を見つけ出し、見事兄の敵を討った暁《あかつき》には、元の家禄で黒鉄家の再興を叶《かな》えてやろうと、剣之助に仇《あだ》討《う》ち免状が下された。

しかし、この広い世の中で、敵に巡り合うことなど並大抵のことではない。諸国を巡るうちに月日はいたずらに流れ、国からの援助もいつしか絶え、供にも見捨てられ、仇討ちの名所、伊賀上野で行き倒れてしまった。

「よりにもよって伊賀上野で、敵を討たんと、行き倒れてしまうやなんて、大笑いですやろ」

お蔦が話すと、敵討ちの緊張もどこかへとんでしまうが、そこへ、旅の途中のお蔦が通りかかって助けたらしい。

お蔦は、大坂で曲文字《きよくもじ》書きの芸人をしていたが、訳あって、旅に出たという。

「話を聞いてみたら、気の毒やし、貧相で頼りない男をこのままにしてたら野垂れ死ぬに違いないと思いましてな。こっちも女の一人旅を続けるのは不便やし、まあ、こんなんでも侍や。連れて歩いたら、飾りにはなるやろと……」

共に旅をするうちに情が移ったという。

「なるほどな……」

竜蔵は呆《あき》れ顔で頷いた。

お蔦にかかると、敵を求める悲運な侍も、〝ぼろくそ〟の言われ方だが、この、いかにも生活力旺盛《おうせい》な、お蔦がいたお蔭でここまで旅を続けられたのであろう。

「それが、この江戸に、求める敵がいるのではないかと、噂を耳に致しまして……」

どことなく遠慮気味に、剣之助が言った。

すっかりと豊津家の者から忘れられた剣之助であったが、東海道宮《みや》の宿で、今は江戸詰となっている、かつての兄・剛太郎の同輩と出会い、水橋壱岐と似た男を江戸で見かけたと聞いたのだ。

「こうなったら、何としてでもわたしが、この人の敵を捜し出してみせますよってに、先生、その間、どうかこの人に、敵を討ち果たせるように、やっとうの方を教えてやってもらえませんやろか……」

お蔦はそう言って、二両を前に並べた。

「足らんかったら、またお支払い致しますのんで……」

一昨日の朝、お蔦と剣之助は、品川から江戸へ入る途中に、竜蔵の喧嘩の仲裁を見かけ、この人ならばと探すうち、竹中庄太夫と出会い、今日になって訪ねて来たのだと言う。

「頼んない顔してますけども、兄さんを殺されて、家屋敷から追い出されて、敵を求めて行き倒れて……。かわいそうな人でおます。どうぞ本懐をとげさせたってておくなはれ、おたの申します。これ、あんたもお願いせんかいな……」

「何卒《なにとぞ》、よしなに……」

こうなれば、男も女も、侍も町人もあったものではない。上方者は、江戸と違い、侍を尊ぶ意識が低いのでなおさらだ。

しかし、この二両も、お蔦がやっとのことで貯えたものであろう。剣之助に剣を学ばせ、自分が会ったこともない敵を捜し出してみせるというのだ。

容赦ない口を利いてはいるものの、惚れた男のためにどこまでも尽くそうという、お蔦の心意気は竜蔵の胸を切なくさせた。

父・虎蔵譲りの直情径行な男であるが、情の脆《もろ》さは半端ではない。

剣に長じ、侠気ある人——これこそが竜蔵の目指す道である。

「わかった。この峡竜蔵が、必ず敵を討ち果たせるよう指南致そう」

「真にございますか！」

お蔦と剣之助は嬉しさに顔を見合わせ、竜蔵に深々と頭を下げた。

庄太夫は大きく頷いて、

「私が言った通りでござろう。先生は必ず引き受けて下さると……。ではまず先生、これをお収めを……」

庄太夫は、お蔦が床に並べた二両を拾い上げ、竜蔵の前で懐紙に包み、改めて差し出した。

「敵討ちの手伝いが出来るなら本望だ。そんな金など……」

「そういうわけには参りませぬ」

庄太夫は、侠気を出して金などいらぬと言う竜蔵を制し、

「先生が金子《きんす》を受け取らねば、黒鉄殿も気兼《きがね》なく指南《しなん》を受けられぬというもの。習い事は金を出さねば上達しませぬ。まずはお受けとりなされませ」

と、無理に懐にねじこんだ。

——なる程、考えてみるとその通りだ。

自分を弟子にすると何かと便利だと言ったのはこういうことかと、竜蔵は庄太夫を見てそう思った。

その翌日から剣之助は逗留している金杉通り四丁目の旅籠《はたご》から、道場に通って来た。

朝は五ツ（午前八時頃）から、昼の八ツ（午後二時頃）を目安に稽古はつけられることになった。

これは、竹中庄太夫が決めた。

子供の手習いの日課が大旨《おおむね》そう決まっているそうである。

庄太夫はというと、

「しばらく私は、お邪魔になってもいかぬので〝見取り稽古〟などお許し頂きましょう」

などと勝手に願い出て、昼前になるとやって来て、道場での稽古を見学し、昼の休憩にとる中食《ちゅうじき》の炊事をこなした。

どうもこの小父さん――剣術の稽古をしたいというより、峡竜蔵の傍《そば》で、道場に居ることが好きなようだ。

――だが、居ると確かに便利だ。

竜蔵は、させるがままにしておいた。自分を理解してくれる者、好意を寄せてくれる者は、もうそれだけで、邪険にはできない――竜蔵の弱味であった。

それにしても……。

敵討ちと聞いて剣術指南を引き受けたが、黒鉄剣之助の剣術の拙さは度をこえている。

九州の大名家というもの、代々武芸が盛んで、豪勇を知られてきた。

小柄で痩身とはいえ、ひと度剣を握れば、それなりに遣うと淡い期待を抱いていたのであるが、庭へ出て、地面に竹を突き立て、これを真剣で斬《き》らせてみたところ、これがまったく斬れない。

斬れないまま、竹が地面から抜けて倒れた時には、ここまで斬れないのも珍しいと、おかしな感心をさせられたほどだ。

まず真剣で竹を斬る。

その感触を手に覚えつつ、型を稽古し、面《めん》、籠手《こて》をつけて、竹刀《しない》による実戦に向けての立合いをする——。

竜蔵の目論見《もくろみ》は見事に崩れた。

「おぬし、九州の地で生まれ育ったのであろう」

「はい……」

「それなら、竹くらい斬れるだろう！」

「それはその……。九州の侍でも、剣が遣えず、酒も弱い者は居るということでござりまして……」

「人はそれぞれ、一様には言えぬと言いたいのか」

「はい……」

思わず怒鳴り声が出た。まったく、この男と話していると苛々《いらいら》する。

「馬鹿野郎！」

「意地を持て、意地を。確かに、九州の侍と言っても、お前みてえに出来の悪い奴もいるかもしれねえ。だがなあ、意地は持てるだろう。おれは九州の侍だ、その辺の腑《ふ》抜《ぬ》けた野郎と一緒にするねえ！　そう思えば、力が湧《わ》いてくるだろう」

「それは、確かに……」

「よし！　気合を入れて斬ってみろ。水橋壱岐の顔は見たことがあるんだろう」

「はい。何度か兄の遣いで、顔を合せたことがあります」

「なら、その顔を思い出してみろ」

「はい！　丸顔で、太った奴でした。眉《まゆ》と眉が寄っていて、鼻は団子っ鼻で、唇はぶ厚くて、揉《も》み上げが濃くて、首が太くて、顔がそのまま胴体についているようで、これが何ともおかしくて……何なら人相書をお見せしましょうか」

「野郎の面《つら》なんてどうだっていいんだよ！　この竹を、憎い敵だと思って、顔を思い出して斬ってみろってことだ」

「わかりました。おのれ、水橋壱岐め、よくもよくも、我が兄を……」

剣之助は竹に向かい、じりじりとにじり寄り、腰の大刀を抜き放ったが、

「痛いッ……！」

気負って抜いて、鞘に添えた左手の親指と人差指の間を斬ってしまった……。

稽古初日はそれで終わった。

次の日は、この男が真剣を扱う以前の段階だと察し、木太刀によって、刃筋を見極め、構えを正そうとした。

ところが、恐るべき勘の悪さで、腰は引ける、上体は固い、足捌《さば》きは乱れるで、何度も何度も袴を踏んで転がる——。

竜蔵は発狂しそうになりながらも、転がっては立ち上がり、懸命に稽古を続ける剣之助の姿に、何とか辛抱して、初歩的な型を教えた。

そして三日目は、試しに剣之助に防具をつけさせて、竹刀で実戦的な稽古をしてみた。

直心影流における防具使用は、八代的伝《てきでん》を受けた、長沼四郎左衛門国郷《くにさと》が面、籠手、胸当てを発明し、その稽古法を完成させた。

これにより、型稽古中心の剣術に飽きた武士達が、我も我もと長沼道場に入門を願い、藤川弥司郎右衛門の頃には、門弟三千人を数えるまでになるのである。

——実戦で打ち合えば、意外と骨があるかもしれぬ。

転がっても立ち上がり、とにかく型の稽古にはついてきたのだ。長い旅の間の苦労が、男を逞《たくま》しくしているかもしれないではないか。

「よし！　おれを敵だと思ってかかってこい。斬り合いは生きるか死ぬかだ。いざとなったら型もくそもない。とにかく、遮二無二《しゃにむに》打ち込むんだ！」

「はい！」

あの日砂浜で、天狗《てんぐ》と見紛う技で、たちまち職人達を叩き伏せた、あの竜蔵にかかっていくのである。

剣之助は覚悟を決めて、

「きえーッ！」

と、竹刀を構えて気合を発した。

「それそれ！」

竜蔵が、さらに気合を引き出す。

「きえーッ！」

怪鳥のごとき一声を発し、剣之助は、真っ向から打ち込んだ。

「それッ！」

竜蔵はその一撃を、下から竹刀ではね上げた。

「きえーッ」

その勢いに後退《あとじさ》る剣之助――そのまま尻もちをついて失神した。

転んだ拍子に後頭部を打ったようだ。

――弱い奴だなあ。

愕然とする竜蔵に、

「ここで水を浴びせると床が濡《ぬ》れます。井戸端へ連れて参りましょう」

横手で〝見取り稽古〟をしていた竹中庄太夫がポツリと言った。

庄太夫の手を借りるまでもない。

竜蔵は防具を外すと、軽々と剣之助を肩に担ぎ、井戸端へ運び顔に水を浴びせた。

正気に戻った剣之助、気持ちは戦っているのか、

「きえーッ！」

と、一言発したが、すぐに状況が呑みこめたようで、

「面目ございませぬ……」

その場で項垂《うなだ》れた。

「黒鉄剣之助殿、やる気はあるんだな」

「はい、それはもう……」

「これじゃあたとえ敵が見つかっても返り討ちだ。お前の女が嘆くぜ」

「そうですね……」

「しっかりしろ！」

「はい！　申し訳ございませぬ……」

「もういい。一息入れよう……」

怒りつつ、竜蔵は涙が出そうになった。

藤川道場には門弟がひしめき合い、その中でも抜群の技の切れを称された竜蔵でさえ、なかなか一本が取れない兄弟弟子も数多《あまた》居た。

あの頃の、苦しくとも剣の光明《こうみょう》をひたすら求めた雄々しき日々と比べ、自分はこの閑散とした道場で何をしているのだろうか――。

そう思うと情無くなってくるのである。

「これは沈丁花《じんちょうげ》ですね……」

道場へ戻る竜蔵の背後から、剣之助の呟くような声がした。

振り返ると、剣之助がにこやかに庭木を眺めている。

「ああ、その木が沈丁花なのか……」

草花など、まったくわからぬ竜蔵であった。

「もうすぐ花が咲きます。花の煎《せん》じ汁で出来物を洗うと腫れが引きますよ」

こういう話をする時の剣之助は、生き生きとしている。

「ほう、詳しいのだな」

「国の屋敷には、薬草など植えていましたから」

貧しい武家のこと、屋敷での菜園造りは不可欠であったと剣之助は言った。

「兄は、私より数段、農学には長じていました」

「なるほど、それが見込まれて郡奉行となったのだな」

「はい、荒れた土地で暮らす、貧しい百姓達を救ってやろうと励んでいました」

「貧しい百姓達を救う？　そいつは立派なことだな」

「荒れ地でも実る稲を、取り入れようとしていたのです」

「そこに、水橋壱岐って野郎が現れたってわけかい」

「はい……。とりあえず、百両の金があれば、稲も農具も揃えられると……」

壱岐の言葉を信じ、剛太郎はやっとのことで百両を集めた。

しかし壱岐は、金が出来たと知るや、剛太郎を騙《だま》し討ちにして、これを奪って逃走したのである。

御家の金を奪われるという失態を犯したにもかかわらず、敵を討てば黒鉄家を旧知で再興させてやろうというのである。

思えば格別の計らいと、剣之助は何としても敵を討ちたいと思っているのだ。

黒鉄剛太郎の悲運も、剣之助の想いもわからぬではない。だが、竜蔵には同情するに値しない話であった。

「そりゃあ田畑耕すのも大事かもしれねえがよう、どうしてもっと剣術を学ばなかったんだ。そうすりゃあこんな憂き目を見ることもなかったんだ。農学だか何だか知らねえが、お前の兄貴も情ねえ侍だな」

つい、憎まれ口をきいてしまった竜蔵に、

「兄は情ない侍ではありません！」

剣之助はきっぱりと言い返した。その表情はいつもの弱々しいものとは違って、目には強い光が宿っている。

「確かに兄は不覚をとりました。しかし、その折にも右の二の腕に一太刀返しております。逃げる壱岐を見かけた者の話では、右の袖《そで》が切れ、腕から血を流していたと……」

「何でえ、むきになりやがって……」

竜蔵は口をとがらせたが、剣之助は尚《なお》も続けた。

「それに、剣術を学ぶ間を削って、農学を修めることの何がいけないのでしょうか……。いくら剣術が強くても、何百、何千の百姓の命を救うことができますか。兄は悲運ではあったが、大勢の飢えた百姓を守ろうとした立派な男でした。断じて情ない侍ではありません」

これには竜蔵、一言もなかった。

「わかったよ。お前の兄さんを情無いと言ったのは取り消す。確かに、剣が強いばかりが侍ではない。だが、敵討ちを果たすには剣の腕を上げるしか道は無い」

「そうですね……。生意気な口を利いてすみませんでした」

「いや、お前が今、おれに食ってかかったその心意気を忘れるな。剣の上達には何よりも大事だ」

「ありがとうございます……」

竜蔵は、涙ぐんで畏まる剣之助を残し、すたすたと道場へ戻った。湿っぽい話を聞かされるのは御免である。

——庭のあの木が沈丁花か。

しかし、木の名前を教えてくれた剣之助に、自分はまだ、剣の上達法を何ひとつ教えられないでいる——。

それが何とももどかしかった。

――気晴らしに、今宵は熱いのを一杯、やるか。

〝ヒュッ〟と冷たい風が庭を吹き抜けた。

四

火鉢の上で小鍋が〝コトコト〟と心地良い音をたてていた。

薄目の出し汁の中で、大振りの帆立貝と豆腐がまことに旨《うま》そうに踊っている。

「さあ先生、そろそろいい頃合でございますよ」

庄太夫がそれを小鉢によそって、竜蔵の前に置いた。

その日の夕――。

竜蔵の屈託を察したか、竹中庄太夫は、芝田町《たまち》二丁目の稲荷《いなり》社の隣にある居酒屋〝ごんた〟に竜蔵を誘った。

すぐ近くに漁師町が控えるこの辺りのこと。今頃は、鯛《たい》、平目、鮟鱇《あんこう》など、旨い魚が目白押しで、それを懐に合せて適当に出してくれるのが何とも嬉しい店だ。

豆腐好きの竜蔵には特にこの小鍋仕立てはこたえられない。

稲荷社の裏手、横新町の長屋に住む庄太夫は、この店の常連で、表の腰高障子に書かれた屋号、店内の品書などは、どれも庄太夫の手によるものである。

同じく四十過ぎの店主・権太《ごんた》は、ふくよかでおっとりとした入道頭の男で、庄太夫が連れて来た先生を、さり気なく気遣いもてなした。

「こいつは旨《うめ》えや……」

一口食べて、竜蔵は思わず声を発した。

豆腐に貝の旨味がほどよく染みている。

「いい店でしょう。この先、贔屓《ひいき》にしてやって下さい」

「ああ、そうさせてもらいますよ」

「先生、堅苦しい物言いはよしにしましょう。歳は上でも、私は弟子なんですから」

「まだ弟子にするとは言ってませんよ」

「そうでしたね……。とは言え、もっと砕けた調子で願いますよ」

「じゃあ、庄さんと呼ばせてもらおう」

「いいですねえ。まあ一杯いきましょう」

庄太夫は、ちろりの酒を注いだ。

竜蔵はぐっと呷《あお》る。熱い燗《かん》が体内を温かくしてくれた。

「庄さんは、独り者なのかい」

「ええまあ……。話したところで、おもしろくもないので、その辺のことは省きましょう」

「なら、聞くのはよそう……」

心も身体もほぐれてきた。

「まったく、手間のかかる男を連れて行ってしまいましたな」

庄太夫は、黒鉄剣之助を紹介したことを詫《わ》びた。

「いや、庄さんのせいじゃない。侍なら誰だって、敵討ちと聞けば、世話を焼きたくなるもんだ」

「私も、剣は遣えませんが、あの男はひど過ぎますねえ」

「ああ、まったくひどい。おれは間違ったことを教えてはいない。おれの言った通りにすれば、そこそこ格好はつくはずだ」

「まだ、たかだか三日じゃありませんか。先生が悩むことはありませんよ」

「だが、百姓、町人を教えているわけではないんだ。いくら剣術の稽古を怠《おこた》っていても、奴は侍の子として生まれたんだ。それが打てどもまるで響いてこない。では、奴は馬鹿なのかというとそうではない。兄をけなされて怒る気概もあるし、おれが知らない木の名前も、薬草の処方も知っている。これはどういうことだ。おれの教え方が間違っているということか。そう思うと、おれはどうもやり切れない……」

竜蔵は、また、酒をぐっと呷った。

剣客として生きて行くべき自分が、ろくな指南もできぬようでは、先行きが危ぶまれる――。学ぶことより教えることの難しさに直面し、つくづくと、師である藤川弥司郎右衛門が、門人三千人と言われた道場の頂点に君臨していた偉大さを、覚えずにはいられなかった。

「私が言うのも何ですが、先生の教え方は、きっと間違ってはいないはずですよ」

悩める若き剣客の様子に、目を細めながら庄太夫は言った。

「ただ先生は、峡竜蔵その人故《ゆえ》、峡竜蔵がどれだけ凄《すご》い剣客かがわからないのですよ」

「何だそれは、頓知《とんち》問答ってやつかい？」

「人にはそれぞれ天賦の才というものがあるんですよ。私が思うに殆どの人は、それに気付くことなく死んでしまう。でも、なかには先生のように、子供の頃からはっきりと持ち合せている人もいる」

「どういうことだい……」

「つまり、人もまた、己が眼の高さと同じに物を見ていると思っては、いけないということです。先生が一日で会得することも、黒鉄剣之助は一月《ひとつき》かかるかもしれない」

「なるほど……」

「おまけに、先生は何気なく怒ったつもりでも、怒られる方は随分と恐い」

「とりたてて厳しく怒ってはいないつもりだが……」

「そこですよ。峡竜蔵の恐さは、峡竜蔵にはわからない」

「おれは恐いかい」

「恐いですよ。私くらいの歳になれば、恐さを薄める術も知っていますがね。剣之助には、身が縮むように恐いでしょうね。身が縮んでは稽古になりません。気長に、肩の力を抜いて見ておやりなさい。そのうち、剣之助の取り柄《とりえ》も見えてきますよ。取り柄を見つけてやりましょう」

　庄太夫はにっこりと笑って、竜蔵に酒を注いだ。

　——不思議な男だ。禅僧のようなことを言う。

　庄太夫の話はわかるような、わからぬような……。だがひとつ言えることは、自分はこれまで、剣をとって悔しい想いをしたことはあるが、剣の上達に躓《つまず》いたことはなかったということだ。

　同年代の剣士の中ではいつも〝上〟を行っていたし、二十歳を過ぎた頃からは、師範代格の兄弟子《あにでし》と、ほぼ互格に稽古が出来た。

それ故に、剣之助が何故、言われた通りに出来ないかがわからぬ。だが、剣之助の方も何故、竜蔵がこれを簡単にこなしてこられたかがわからぬ。

わからぬ者同士が二人、道場で暴れていても、詮無《せんな》いことなのであろう。

そういえば、師の藤川弥司郎右衛門は、長沼四郎左衛門に入門したものの、見込みがないと、二度までも追い返されたという。

それが大器晩成の呼び声高く、〝剣技抜群その比を見ず〟という名だたる剣客となったわけだが、弱かった頃の己を知るだけに、三千人の弟子を持つ身になれたのかもしれない。

一杯やりながらそんなことを思うに、随分と心が晴れてきた。

「庄さん、気晴らしに一杯やろうと思ったが、話し相手がいて、よかったよ」

今度は、竜蔵がにっこりと笑って、庄太夫に酒を注いだ。

「これはどうも……」

はにかむ庄太夫の顔が、猿《ましら》のように皺だらけになった。

「あれこれ先生に、生意気を申しました。まったく弟子の分際で……」

「まだ弟子にするとは言ってませんよ」

「そうでしたね……」

さらにその翌日――。

竜蔵は、剣之助に一貫目の素振り用の木太刀を持たせて、

「いざ斬り合いとなると、刀が金棒のように重くなるものだ。今日からはまず腕を鍛える。この木太刀を、一日中振っていろ」

と、道場に剣之助を残し、ふらりと出かけた。

焦りは禁物だ。腕は立たぬが、勤勉な男ではあるようだ。

振れと言われたら一日中振っているであろう。そのうち、中食の飯炊きに、竹中庄太夫がやって来る。

あれこれと、わかったようなことを言って、剣之助を励ましてくれるはずだ。

竜蔵は、道場を出ると、四国町の通りを北へ、赤羽橋を渡り、増上寺《ぞうじょうじ》の境内《けいだい》を抜け、表門の外にある飯倉神明宮《いいぐらしんめい》に向かった。

通称〝芝神明〟――伊勢神宮の内外両宮の祭神が祀《まつ》られ、多くの参詣者《さんけい》で賑《にぎ》わい、その参道には、芝居小屋、見世物小屋、茶屋、揚弓場《ようきゅうば》、吹き矢などが立ち並んでいる。

その中の〝濱清《はませい》〟という見世物小屋の前で、竜蔵の足は止まった。

「おや旦那、お越しでございましたか……」

その姿を目敏《めざと》く見つけた、木戸番の若い衆が、台から飛び降りてきた。

「おう、安《やす》、久し振りだな。ちょいと覗《のぞ》いて見たくなってよう」

「そいつは嬉しいや。ささ、どうぞお入り下せえ」

安という若い衆は、抱きつかんばかりに、竜蔵を請《しょう》じ入れた。

以前、男伊達を気取った商家の不良息子達の喧嘩を仲裁した時、その〝戦場〟となったのがこの見世物小屋であった。

それ以来、小屋主の清兵衛《せいべえ》と顔見知りになり、安などは、顔を見ると旦那、旦那と慕ってくるのだ。

〝顔〟で小屋に出入り出来るから、剣之助を置いて、うさ晴らしに来たわけではない。

己が眼で見て、確めておきたいことがあったのだ。

木戸を潜って中を覗くと、折しも曲独楽《こま》の最中——裃《かみしも》姿の涼し気な男が、扇面《せんめん》に独楽を滑らせ喝采《かっさい》を浴びている。

「旦那、この次でごぜえやすよ」

いつしか横に、小屋主の清兵衛がいて笑顔を向けていた。

赤ら顔で、六十半ばの好々爺《こうこうや》の風であるが、元は品川の漁師で若い頃は相当な暴れ者であったという。

それ故に〝浜の清兵衛〟と呼ばれていて、この界隈でも顔の広い男である。

行儀よく文武をこなし、立身出世に躍起となる若い侍達とは違い、俠気に溢《あふ》れて、若い血潮が滾《たぎ》る竜蔵に好意を寄せるのは、このような清兵衛ならではのことであろう。

「これは親方、色々造作をかけてすまなかったな」

「とんでもねえ、大した評判で、こっちも助かっておりやすよ……」

小屋の内が大いに沸いた。

新手《あらて》の芸人が出て来たのである。

曲文字書き、〝和泉信太夫《いずみしのだゆう》〟と口上があった。

曙《あけぼの》染の振り袖に、浅葱《あさぎ》色の裃姿――筆を右手に左手に、或《あ》いは口に咥《くわ》えて、さらには足の指までも駆使して演ずる曲文字書きに、たちまち見物客は魅了された。

この信太夫こそ、黒鉄剣之助を支える女・お蔦である。

脇に控えて山台《やまだい》で三味線を弾いて、これを盛り上げているのは、常磐津の師匠、お才であった。

剣之助が豊津家の家臣から聞いたところでは敵の水橋壱岐に似た男を、この辺りで見かけたという。

それ故、芝に宿を求めた、剣之助とお蔦であるが、逗留するにも入費がかかること。人通りの多い、神明で芸を見せて稼ぎつつ、手がかりを探せばどうかと、竜蔵が〝濱清〟での出演の口利きをしてやったのである。

さらに、賑やかな三味線の伴奏などがあればよいのだがという、清兵衛の要望に、竜蔵はお才を担ぎ出した。

物珍しさも手伝って、これを快諾したお才は、竜蔵の思った通り、お蔦との相性もよく、まだ二日目というのに、息もぴったりと合っている。

「ほう……親方の言う通りだ。こいつは大したものだ……」

お蔦、お才の、さっぱりとした気風と、その中にそこはかとなく漂う、熟し始めた女の色香は、舞台に立つと一層引き立っていた。

「旦那、こっちは、いつまでも居てもらいてえくれえですよ」

清兵衛は、客の歓声を聞きながら、臨時の出演では惜しい、ここに落ち着いたらどうかと言う。

「ところが、あの姐《ねえ》さん、ちょいと曰《いわ》く付きでな。まあ、江戸に居る間は面倒を見てやってくれねえかい」

竜蔵は、敵を求めているとはさすがに言えず、口を利いたお蔦の芸に満足すると、清兵衛を片手で拝んだ。

——面白《おもしれ》え旦那だなあ。

あの時は、粋がって喧嘩を始めた極道息子達を、

「この馬鹿息子ども、喧嘩するなら御殿山《ごてんやま》ででもやりやがれ！」

と、あっという間に叩き伏せ、颯爽《さっそう》と引き上げた。すると、今度は何やら理由《わけ》の有りそうな、上方の女芸人の世話を焼く。

乱暴者のくせに、最後は片手拝みの愛敬がいい——。

「任せておくんなさいまし、あっしは、旦那の贔屓でやすからねえ」

清兵衛は、いかにも嬉しそうに胸を叩いた。

竜蔵はそのまま、小屋の裏手に設《しつら》えられた楽屋へと向かった。

お才まで担ぎ出したのだ。本人は実に機嫌よく三味線を弾いていたが、顔を出しておかねば、

「何だい、頼んでおいてそれっきりかい」

などと、やり込められる。

女の扱いは、剣術よりも難しいことを、上野山下、広小路辺りで暴れ回っていた頃に、竜蔵は肌で学んだ。

威勢が良く、愛敬があり、喧嘩に滅法強い若造を、町の婀娜《あだ》な女達は何かというと構ってくれた。

精気に満ちた体を女達にぶつけ、時には一端の間夫《まぶ》を気取ったこともあったが、女というもの男同士のように殴り合いのひとつもすれば、すっかりと打ち解けられるように、単純ではない。

恐しいほど嫉妬《しっと》に身を焦《こ》がしているかと思えば、次の日にはその男をあっさりと忘れてしまう——若い竜蔵には到底理解できぬ〝生き物〟であった。

取り殺されるのではないかと、女達から逃げ出した頃、町を徘徊《はいかい》する不良娘のお才と出会った。

生意気な口を利いても、自分より歳下の少女は、大人の女達にない、純情にあふれていた。この花を散らしてはならぬと、今度は竜蔵、この少女の兄を気取った——。

少女はいつしか悪所を離れ、今は角《かど》が取れ、常磐津の師匠になどなって、すっかり成熟したが、不思議なもので、再会した時から、お才とはあの日の兄と妹のままで居られた。

互いにあの頃の、純情を懐しみ、思い出を大事にとっておきたいからなのであろう。

だが、気が置けない間とはいえ、油断は出来ないのだ。

「見せてもらったぜ。大評判《おお》のようで何よりだ」

楽屋では、余程気が合ったのか、江戸前の小粋な女と、天真爛漫な上方女とが、姉妹のようにはしゃいでいた。竜蔵の来訪に、お蔦は恐縮して、

「これは先生、お蔭様で、ええお三味線までお世話頂きまして、何と御礼を申してよいやら……」

と、殊勝に頭を下げた。

横からお才が、

「あたしも、楽しませてもらっているよ」

と、明るい声で言った。

「それを聞いてほっとしたぜ」

「話を聞いたら泣けるじゃないか。お蔦さんの心意気にあたしも一肌脱ぐつもりだよ」

お才には、お蔦の事情を告げてあった。

元より世話好きで人情に厚いお才のこと。敵討ちと聞いただけで、もう興奮しているのだ。

「それで、あの人は、あんじょうやってますか」

「励んではいるが、思っていたより使いものにならぬな」

「そうですやろな……。何やしらん、情無い顔して宿へ帰って来るよってに、しっかりしんかいな。死ぬ気になったら何でもできる……。言うて、お尻を叩いてまんねんけどねえ」

「死ぬ気になれば何でも出来るか……。うん、その通りだ」

「いっぺんくらい殺さんとあきまへんなあ、あの男は……」

「はッ、はッ、無茶を言うな。おれも引き受けた上からは、必ずお前さんの亭主を強くしてみせるよ」

「嫌やわあ、亭主やなんて言われたら恥ずかしおますがな……」

お蔦ははにかんで、少し寂しそうに何度も頷いた。

「亭主に違いはなかろうよ」

竜蔵は、お蔦を冷やかして、

「そんなことより、敵の手がかりは何か摑《つか》めたかい」

と、意気込んだ。

「気が早いよ。二日や三日でそんなもの見つかるはずがないじゃないか」

お才がそれを窘《たしな》めた。

「とにかく今は、相手に怪しまれんように、生き別れになった兄を捜していると言うて、出の合間にこれを見せて、尋ね回っております」

と、お蔦は水橋壱岐の人相書を見せた。

「そいつはいいや、女のお前がそう言って尋ねる分には、怪しむ者もいねえだろう」

竜蔵は人相書を覗きこんで思わず吹き出した。

丸顔で、太っていて、眉と眉が寄り、団子っ鼻で、唇はぶ厚く、揉み上げが濃い。首は太く顔がそのまま胴体についているような……。

剣之助が言った通りの顔が描かれていた。

「笑っちゃあいけねえな。だが、方便にしろこいつが兄だと言うのは辛《つれ》えな」

「へえ、ほんまに不細工な奴でっしゃろ」

お蔦が顔をしかめるのを見て、竜蔵はさらに笑った。

昨夜、竹中庄太夫と一杯やり、今日、こうして盛り場に出て、芸に励むお蔦を見ると、何やら沸々と英気が湧いてきた。

――今頃は、木太刀を投げ出して、音《ね》をあげていやがるかな。

竜蔵は無性に、剣之助の、頼りな気な顔が見たくなった――。

五

「あたしには、お蔦さんのような真似は到底できないねえ……」

道場へ戻る竜蔵を、増上寺の表門まで送りつつ、お才がポツリと言った。

「どうしてだい。お前も負けず劣らず強え女《つえ》だよ」

「強い弱いじゃないよ。考えてごらんな。敵が見つかるってことは、それだけ惚れた男が、危ない目に遭うってことじゃないか」

「そりゃあそうだな。剣之助の腕なら、返り討ちに遭うのがいいところだ」

「あたしだったら、もう侍なんか捨てて、一緒にどこかで暮らそう、なんて言っちまうね」

「だが、奴は腕は立たねえが、兄貴の無念を晴らしてえって想いは相当なもんだ。お蔦はその想いを叶えてやりてえんだろうな」

「あの二人、この先どうなるんだろうね」

「さあ、まず敵を討たねえとどうにも先へ進めねえよ」

「宮仕えってのは面倒だねえ」

「ああ、おれには到底勤まらねえ。といって剣客として生きていくのも大変だ」

「そのうち、何千人も弟子が押しかけるさ」

「弟子か……。お前は、どうやって弟子に稽古をつけているんだい」

「どうするって……。ただ誉めるのさ」

「唄が下手ならどう誉めるんだ」

「声がいいと誉めるのさ」

「声が悪けりゃ、どう誉める」

「節回しに情《じょう》がある……」

「それも悪けりゃ?」

「まじめに通ってくるのが偉いってね」

「なる程なあ……。お前は大したもんだ」

「誉めてるうちに格好がついてくるものさ」

お才は感心する竜蔵に満面の笑みを浮かべた。

色っぽくなった今も、この笑顔は少女の頃のままだ。

つられて笑う竜蔵であったが、次の瞬間、五体に緊張をはしらせた。

――やっぱり、おれをつけてやがる。

先程から、時折、竜蔵の視界に見え隠れする深編笠《ふかあみがさ》の侍が一人――今は、増上寺表門の外にある立札の脇に何食わぬ様子で佇《たたず》んでいるが、笠の内からこちらを凝視しているのが、竜蔵にはわかる。

剣客とは、修羅道に身を置く者と、竜蔵は己を律している。いつ、いかなる時にも、敵と戦う覚悟と備えがなくてはならぬ。

道を歩く時もまた修業である。

そうして鍛え抜かれた感知力は、常人には計り知れないほどに、研ぎ澄まされているのだ。

「どうかしたかい?」

竜蔵の異変に気付いて、お才が首を傾《かし》げた。

「ああ、いや……、剣之助に、言い忘れていたことを思い出してな。早く戻るとしよう」

「そんならあたしも、次の出に備えるよ」

「頼んだぜ……」

見世物小屋に戻るお才を見送りつつ、竜蔵はチラリと、件《くだん》の深編笠を見た。

――野郎は前にも見た。

そういえば、砂浜で喧嘩の仲裁をした翌朝、お才の家を訪ねた道すがら、深編笠の侍を見かけたことがあった。

面体《めんてい》を隠すことは出来るが、深編笠などを被《かぶ》っていると却《かえ》って目立つものだ。財布が落ちているのを見逃しても、もしや干戈《かんか》を交えることになるやもしれぬと思《おぼ》しき者の存在は見逃さない。それが竜蔵の信条である。

編笠の侍は動かない。

その物腰から察するに、

――奴は相当遣う。

来るなら来いと、竜蔵は歩き出した。

しかし、増上寺の境内を行くうちに、いつしかその姿は消えていた。

――おれの思い過ごしか。

盛り場で暴れる不良浪人を懲らしめ、帰りにその仲間から斬りつけられたことが何度かあった。そ奴を返り討ちに斬り捨てたこともある。

思わぬ所で恨みを買っていることは充分考えられる。

だが、件の深編笠の侍からは、〝剣気〟はたちこめているが、そういう殺伐としたものは覚えられなかった。

剣を極めた者同士がすれ違うと、互いに覚えるものがあって、思わず立ち止まることがある。

——その類《たぐい》かもしれぬ。ふッ、ふッ、おもしれえ。

普通の者ならば、胸に不安を覚え、落ち着かなくなるはずだが、竜蔵は、まだ見ぬ恋人との出会いを楽しむように、ワクワクとした想いに総身を揺らした。

余りに鍛え甲斐のない黒鉄剣之助との稽古で、ここ数日暮らしているだけに、刺激を求めていたのかもしれぬ竜蔵であった。

さて、その剣之助は——。

竜蔵が道場に戻ってみると、一貫目の木太刀の傍で、倒れていた。

その横では、竹中庄太夫が木太刀を取って素振りをしていたが、竜蔵の姿を見て、

「お戻りでございましたか」

と、畏まってこれを迎えた。

剣之助は依然、倒れたままだ。

「どうしたんだい、こいつは……」

「はい、腕が上がらなくなっては休みつつ、懸命に木太刀を振り続けておりましたが、ついに力尽きて倒れ、そのまま寝てしまったようです。起こしてやるのもどうかと思いまして、そのままに……」

「どれくらい振ったのかねえ」

「私が九ツ（正午）くらいにここへ来た折は、本人が申すに二千百二十一回振ったと、その後、昼も食べずに振り続け、三千五百十八本目に、床へごろりと……」

「ふッ、ふッ、そうかい。そいつはいいや……」

竜蔵の笑い声に、剣之助は、はッとしてむくりと起き上がり、

「こ、これは、面目ござりませぬ！」

と、平伏した。

「いや、よくやった！」

「え……」

「三千五百十八本、振れば上出来だ」

「しかし、私は床に倒れたまま……」

「気が遠くなるまで振ったんだ。大したもんだよ」

「真にございますか！」

「ああ、素振りてのはな、剣術をする上で何よりも大事なものだ。ところが、地味で辛気くせえから、すぐに投げ出しちまう奴が多いんだ。それを馬鹿みてえによく振ったぜ。馬鹿は剣術は下手だが、殺し合いには滅法強い。庄さん、おれは早くも、黒鉄

剣之助の取り柄を見つけたよ」

竜蔵は、庄太夫を見てニヤリと笑った。

「さすがは先生……」

庄太夫は仰々《ぎょうぎょう》しく頷いた。

「私の取り柄……」

剣之助は両の眼からポロポロと涙を流した。

兄・剛太郎は幼ない頃から学問に優れていた。次男には、武芸優秀を願い、名も剣之助とつけられたが、まるで武芸の才は無く、学問も兄に及ばずで、部屋住みの穀潰《ごくつぶ》しと疎《うと》まれたまま二親には死に別れた。

家中《かちゅう》の者達は、剣術道場での不様な姿を知るだけに、尽《ことごと》く剣之助を馬鹿にした。

唯《ただ》一人、草木を愛する剣之助を庇ってくれた兄・剛太郎が殺害され、仇討ちに旅立つ剣之助を、

「これで奴は野垂れ死にだ。哀れよの……」

と、今度は誰もが哀れんだ。

それが侍として、武士として、何よりも情なかった。

今、竜蔵ほどの剣客が、自分をとにかく誉めてくれた。

「先生、ありがとうございます。暗闇《くらやみ》に一筋の明かりを見つけた思いにござりまする……」

――なる程、お才の言う通りだ。誉めるのが大事だ。

馬鹿と誉められ泣いている、明日をも知れぬ剣之助を見ていると、竜蔵の目頭《めがしら》も熱くなってきた。それと同時に、水橋壱岐という、剣之助の敵に、言いしれぬ怒りが湧いてきた。

「兄さんは、どのくらい傷を受けて死んだんだ」

「初めに刺された傷が深かったようですが、他にも浅傷《あさで》が幾つもありました」

「浅傷が幾つも……」

竜蔵は、不敵に笑った。

「心配するな。お前は必ず、勝てる」

「勝てますか」

「ああ、勝てる。考えてもみろ、騙し討ちにしておいて、浅傷を幾つも負わせるなど、剣が未熟な奴に違いない」

「なるほど。それもそうですね」

「そんな野郎に負けて堪るか、おれの死んだ親父《おやじ》が言っていた。死ぬ気でただ突いてくる相手ほど厄介なものはない……。明日からは、この重い木太刀を朝の内にしっかりと振って、昼からは突きの稽古だ！」

「しっかりとやりましょう！」

間髪《かんはつ》いれず雄叫《おたけ》びをあげたのは庄太夫であった。

——この小父さん、いったい何者なんだ。

ふっと外を見ると、空から大粒の雨が降ってきた——。


その夜。

狭い旅籠の一間で、剣之助とお蔦は身を寄せ合って、雨音に耳を傾けていた。

このまま雪に変わるのではないかと思うほど、冷たい夜となっていたが、二人の表情は頗《すこぶ》る明るく、部屋の空気もほのぼのと暖かかった。

二人で旅を続けるようになってこの方——。

敵の姿を求めつつ、土地土地の剣術道場で教えを乞うたものの、出来の悪さにいつも見放されていた剣之助の剣に僅かながらも光明が見えた。

そして、お蔦の方も、

「小屋主さんが、尋ね人なら任せておけと、胸を叩いてくれはった……」

そうで、僅かな希望であるが、敵討ちの初めての手応えを覚えた日となったのだ。

見世物小屋〝濱清〟の主・清兵衛は、贔屓に思う竜蔵から頼まれ事をしたのが嬉しいようで、何くれとなく、お蔦を気遣ってくれた。

お蔦が出番の間に、

「生き別れになった兄」

を捜していることを知るや、協力を申し出てくれたという。

「わたしが、何で、大坂とび出して旅に出たかを話したら、えらい笑《わろ》うてくれはってなあ……」

お蔦は、大坂天満《てんま》の見世物小屋に出ていたのだが、高利貸しに、強請《ゆすり》に集《たか》り――阿漕《こぎ》な真似で金を貪《むさぼ》るやくざの親方に腹を立て、その辺りに転がっていた土器を、名器の鉢だと売りつけて、その金を散蒔《ばらま》いてやったのだ。

儀侠心と茶目っ気をこよなく愛する清兵衛は、それを聞いて、

「峡の旦那が、連れてきただけのことはある。まあ、大船に乗ったつもりでいてくんな」

ますます、お蔦に肩入れをする気になったのだ。

「わたしが見たところ、あの清兵衛さんという御方は頼りになる人や。何ぞ手がかり

を見つけてくれるかもしれへんで」

「そうか……。それならますます励まねばな」

「しっかりと、おきばりやす」

心なしか顔付きに精悍《せいかん》さが増したような剣之助を、お蔦は少し眩《まぶ》しそうに見た。

外を降る冷たい雨は激しさを増し、安普請《やすぶしん》の旅籠の屋根をうるさく叩いた。

「あの日も雨が降っていたなあ……」

旅芸人に紛れて大坂を出た後、伊賀上野で一人になったお蔦は、俄の雨にたたられて、慌てて近くにあった出作り小屋に駆けこんだ。

無人となり、朽ち果てかけたその小屋で、剣之助は熱を出して死んだように身を横たえていた。

「やあ……」

雨宿りに駆け込んだ旅の女に、精一杯愛敬をふりまく若侍の澄んだ瞳に、お蔦の母性がかき乱された。

しばらく小屋で世話を焼くうち、母性はいつしか恋となった。

幼い時に二親に死に別れ、騙し騙され大人になった女には、初めて触れ合う、美しくも儚《はかな》い男であった。

——この人には、わたしがついていてあげんとどうにもならん。

そう思って尽くすことの何と幸せなことであろうか。

どうせ行くあての無い旅の途中——敵討ちの供をして、三年目の春となった。

「今となっては、黒鉄家の再興など、どうでもよい。私は見事敵を討って、禄を賜《たま》わり、お前の恩に報いたい。それだけだ」

剣之助はお蔦の手を取った。

お蔦の手はいつも温かい。この温かさがどれだけ剣之助を生かせてくれたかわからない。

「わたしは好きであんたの面倒見てるのや。恩に報いる……やなんて言わんといて」

「いや、しかし……」

「今は敵討ちのことだけ考えてたらええねん。ちょっと誉められたくらいで調子にのったらあきまへんで」

「それはわかっている」

「そうや、手がかりが摑めるまで、道場に泊まりこんで教えてもらい」

「それでは、探索をお前一人に任すことになるではないか」

「こっちは大丈夫や。見つかったはええけど、返り討ちに遭《お》うたでは話になれへん」

「そうだな……」

「わたしはこの先、寂しいけどな……」

お蔦は剣之助にしなだれかかった。

いつになく、お蔦の声に憂いが漂っているようで、どうかしたのかと問う剣之助の口が、お蔦のそれで塞《ふさ》がれた。

待ち受ける運命を知るのが何とも恐くて、お蔦はただ無言で、剣之助の胸に顔を埋めた。

一間には、屋根を叩く雨音だけが響いていた——。

六

それから何日もの間——。

剣之助は道場に泊り込み、木太刀の素振りと、竜蔵を相手に突きの稽古を繰り返した。

お蔦は新たに一両を持ってきたが、竜蔵はそれを受け取らず、剣之助に、炊事、掃除、洗濯を課した。

かつて自分が、藤川弥司郎右衛門の内弟子であった頃の雑用をもって対価としたのだ。

　これを剣之助はよくこなした。

　こうなると、竹中庄太夫の出番はなくなったはずなのだが、何だかんだと理由をつけては道場にやって来て〝見取り稽古〟を続けていた。

　教える竜蔵にとっては、物足らないが、道場に誰かが居て、木太刀や竹刀を振るう様子が見えるのは、心地がよかった。

　竜蔵と共に暮らし、竜蔵が道場で行う、真剣による型の稽古を目《ま》のあたりにして、剣之助の目付きも次第に変わってきた。

　――そうか、何事も慣れだ。

　竜蔵は互いに真剣で向かい合って、型の稽古をさせてみた。

　打太刀《うちたち》と仕太刀《しだち》――打太刀が技を出し、仕太刀がそれを返し、技を決める。

　竜蔵は仕太刀となって、剣之助の体すれすれに真剣をつける。

「動くと切れるぞ……」

　この恐怖に慣れるうち、〝突き〟の稽古で竜蔵に打ち込む度胸がついてきた。

　そうするうちに、竜蔵の卓越した技の理念が、少しずつ剣之助に伝わるようになった。

遮二無二突いてくる剣之助の動きに凄みが加わってきたのである。

若い竜蔵と剣之助は、互いの立場において成長しつつあった。

少し気持ちも落ち着いた竜蔵は、剣之助に素振りをさせ、時に芝神明の見世物小屋〝濱清〟に出かけ、お蔦とお才を楽屋に見舞い、その後の敵の動きを確かめた。

ある日、竜蔵が楽屋に入ったのを見計らったように清兵衛がやって来て、

「旦那、いい加減に、この清兵衛をお仲間に加えて下さいましよ」

と、意味あり気に頰笑んだ。

「何だい親方、藪《やぶ》から棒に……」

「この姐さんが探しているってのは、生き別れた兄さんなんかじゃねえんでしょう」

「やっぱりわかるかい」

「見せてもらった人相書。どう見ても、和泉信太夫の兄貴とは思われませんや。訳は聞かずにおこうと思ったが、どうにも気になるじゃございませんか」

「いや、悪かった……」

竜蔵は清兵衛を片手で拝んで、お蔦を促し、正直に訳を話した。

たちまち、清兵衛の老顔が若やいだ。

「やっぱりそうだ。そんなことではねえかと思っていたんですよ。いや、聞いてよか

った。敵討ちとは大したもんだ、これでこっちの身の入れようも違うってもんだ……」

清兵衛は興奮の面持《おもも》ちで、既に心は〝仲間〟になっている。

まったく――。藤川道場を出て、芝へ来てからというもの、竜蔵の周りには、おめでたい連中が集まってくる。

竜蔵がおめでたいから、似た者が集ってくるのか、おめでたい連中に、生一本な竜蔵が踊らされるのか――。

「まあ勘弁してくれ。敵討ちなどと言って、騒ぎにしたくはなかったんだ」

「旦那、この、浜の清兵衛をみくびってもらっちゃあ困りますぜ……」

その実、この清兵衛――。

決して己が力を誇らぬが、ただの見世物小屋の主ではない。芝から品川にかけて、裏社会に通じる、香具師《やし》の親方衆の中で、誰もが一目《いちもく》を置く存在なのである。

蛇《じゃ》の道は蛇《へび》と、江戸に流れ来た悪党どもの、動向を探ることなどお手のものだ。

「学者を名乗っていた、水橋壱岐……でございやすね。といっても、もういくつか目星をつけておりやすが……」

「目星を？」

「それはほんまでっか……」

お蔦の声が震えた。

「兄貴と敵じゃ大違《ちげ》えだ。事は丁寧にはこばねえと、間違いがあっては方々に迷惑がかかるってもんだ。ここはこの親爺に任せてくれねえか」

清兵衛は、目に鋭い光を宿しお蔦に頷いてみせた。

「親方の言う通りだ。こうなりゃ、下手に動かねえで、親方に下駄を預けてみたらどうだい」

竜蔵もお蔦をしっかりと見た。

「よろしゅう、おたの申します」

お蔦に異存はない。

「それとなく噂は聞いていましたが……」

横手でお才が嘆息した。

「濱清の親方は、大したお人なのでございますねえ」

「何の大したものかい。ただの見世物小屋の親爺だよ……」

清兵衛は眼尻を下げ、たちまちいつもの好々爺の表情に戻った。

そんなことがあってから、思わぬ事の展開に、剣之助の気合はさらに増し、〝突き〟の稽古は一層激しいものとなった。

お蔦の方も、清兵衛に恩を返さねばと、曲芸に工夫をこらし、ますます喝采を浴びる日々――。

お才はというと、神明で顔が売れ、常磐津の弟子になりたい男達が殺到し、嬉しい悲鳴をあげていたのだが、忙しい時には面倒なことが重なるもので、

「竜さん、こんな時にまた、喧嘩の仲裁を頼まれちまったよ」

と、水橋壱岐の探索を清兵衛に托して数日が経った朝に、道場へやって来た。

今度は、高輪《たかなわ》牛町で、喧嘩が起こりそうだと言うのである。

〝牛町〟というのは、大木戸辺りの俗称で、かつて寛永の頃、増上寺安国殿建立《こんりゅう》に際して、江戸幕府が京都より牛持人足《にんそく》を呼び、牛車により木材、石材等の運搬にあたらせて以来、数々の普請をこなした牛持人足が定住を許された地である。

この、牛持人足同士がこのところ揉めていて、一方が明日にでも殴りこみをかける勢いなのだ。

「なんだ、勢いこんで訪ねてくるから、敵が見つかったのかと思ったぜ」

「喧嘩の仲裁どころじゃないけど、断るわけにもいかないだろう」

「だと言ってお前、こんな時によう……」

剣之助の気合が充実を見せているだけに、あまり道場を出たくはない。竜蔵は返事を渋った。

「頼むよ……」

「う～む……」

「竜さんの取り分は三両だよ」

「お引き受け致そう……」

やはり、この先の方便を思えば仕方がない。

竜蔵は、〝濱清〟に急ぐお才を送り、道々明日の段取りを聞いた。

赤羽橋の手前で別れると、道場へ戻る途中、春日明神社の前で、竜蔵の足は自然と止まった。

「野郎、出やがったな……」

鳥居の向こう、右手に続くなだらかな石段を上がった所に、またも、深編笠の侍を見かけたのだ。

ちょうど石段には人気《ひとけ》が無かった。

竜蔵は思わず鳥居の向こうに駆けた。そして、深編笠の真横を恐しい形相で走り抜けた。

深編笠は微動だにせぬ。

竜蔵の鍛え抜かれた体がいきなり向かってきたとて、慌てるわけでもなし、その物腰に毛筋ほどの乱れもないとは——。

「思った通りだ。おぬし、かなり遣うと見える……」

二間ばかりの距離を保ち、竜蔵は背中合せに声をかけた。

「それは買い被りだ。おぬしの勢いに、ただ体が竦《すく》んだだけのこと……」

深編笠は、静かに応えた。まだ青年の、凛《りん》とした声だ。

「これは奥ゆかしい……」

竜蔵は振り向いて、深編笠の背中に声を浴びせた。

「おぬしは、おれがすれ違いざまに抜かぬことを、咄嗟《とっさ》に見極めたのだ。なかなか出来る芸当じゃあねえや」

笠の内で、ふっと笑う声が聞こえた。

「ひとつ申しておく。某《それがし》は、おぬしをつけ狙《ねら》っているわけではない」

「それじゃあ何だってえんだ」

「偶然、何度かすれ違った。ただそれだけのこと……」

「それにしては、笠の下からおれのことを随分じろじろと眺めてくれるじゃねえか」

「それは御互い様と言うべきもの。おぬしが某を怪しむ故、様子を窺ったまで」

「怪しまれたくなけりゃあ、その笠を脱ぎやがれ」

「某、おぬしのような立派な顔をしておらぬ故、お許し願おう。御免……」

深編笠は、振り返ることなく、ゆったりとした足取りで立ち去った。

――後をつけたところで、あれだけの男だ、撒《ま》かれちまうだろうよ。

竜蔵は、ただ見送るしかなかった。

偶然によく出会うなど見えすいたことだ。

だが、ほんの一時、声をかわした様子では、深編笠が、竜蔵に殺意を抱いていないことは確かなように思われた。

「某、おぬしのような立派な顔をしておらぬ故、お許し願おう……」

竜蔵は、凜として爽やかだった深編笠の口真似をして、

「下らねえこと吐《ぬ》かしやがって、洒落にもならねえや」

と吐き捨てた。

しかしその心の内では奴と抜き合ってみたい。どれほど強いか身をもって確かめてみたいという思いがめらめらと燃えあがっていた――。

七

「う〜む、何やら落ち着かぬ。峡先生が居られぬと、道場の内が寒々としていかぬ……」

竜蔵の道場で、竹中庄太夫が手持ち無沙汰《ぶさた》にしていた。

この日は、朝から道場主である峡竜蔵は、外出をしていた。

「野暮用があってな……。今晩は戻られぬかもしれぬ」

野暮用とは、〝牛町〟の喧嘩の仲裁であるが、こういう時に限って、何か大変なことが起こるものだと、庄太夫はそれなりに歳月を生きてきた男の胸騒ぎを覚えるのであった。

とはいっても、

「野暮用がある……」

と、竜蔵が言い置いたのは黒鉄剣之助に対してであって、庄太夫は勝手に気を揉んでいるだけのことなのだが……。

「竹中殿、あなたも素振りなどなされてはいかがです」

見所でぶつぶつと呟いている庄太夫を見て、先程から黙念と、一貫目の木太刀を振り続けている剣之助が言った。

「そもそも竹中殿は、ここで剣を学ぼうとされていたのでしょう」

「いかにも。だが、某くらいの歳になると、ただ剣を学ぼうというだけでなく、この峡道場をいかに盛り立てていくか、それに心をとられてな」

「前から一度、申し上げようと思っていましたが……」

剣之助は、素振りの手を止め、庄太夫をつくづくと見た。

「それは、大きなお世話というものではないでしょうか」

「はッ、はッ、はッ……。おぬしもなかなか、はっきりとものを言うようになったのう。いやいや、それでよし。まず今日は帰るとしよう。先生がおらねば、見取り稽古にもならぬによってな……」

代書の内職が溜《たま》っていた。

庄太夫はそれを済ませてくると、道場を後にした。

「おかしな人だ……」

剣之助は小さく笑った。

他人の様子を見ておかしがる余裕がうまれてきたことが嬉しかった。

「よし……」

剣之助は、大刀を腰にさし、竜蔵の真似をしてこれを抜き放ち、

「えいッ！」

と、突きを虚空にくれた。

その一撃は、頭の中で、確実に憎き敵・水橋壱岐を刺し貫いていた。

「死ぬ気で突いてくる奴ほど厄介な相手はない……」

竜蔵はそう教えてくれた。

たとえ返り討ちにされたとて、艱難辛苦《かんなんしんく》の末、敵を見つけ出し、堂々と渡り合うのだ。武士の一分《いちぶん》は立つ。

自分を馬鹿にしていた連中も、少しは見直してくれるであろう。

これでも侍の子だ。死は恐れぬ。

——だが、お蔦とはもう逢《あ》えぬのだなあ。

同時にそんな想いが脳裏をよぎる。

未練なことだと、己を叱りつけたとて、若き剣之助の恋心は、簡単に打ち消せるほど小さなものではなかった。

「負けはせぬ！」

邪念を打ち消さんと、剣之助はへとへとになるまで、真剣で突きを繰り返した。

やがて正午になった頃――。

剣之助一人の道場に、息急《せ》き切って一人の女がとび込んできた――お蔦である。

「お蔦……。どうしたんだ」

「見つかったよ……。敵が見つかったよ……！」

「何だと……」

いつものように見世物小屋に行くと、清兵衛が得意気な顔で楽屋に現れ、そっとお蔦を連れ出して、

「明石町《あかし》に、〝沢のや〟という船宿があるんだが、ここの主人の伊兵衛《いへえ》という男が、人相書にそっくりだという話だ……」

あれこれ手の者をやって調べたところ、伊兵衛は三年ほど前に江戸へやって来て、方々で金貸しなどをした後、ちょうど一年前に、明石町で船宿の主に収まったらしい。

江戸に流れて来た頃は、医師か学者のような風体《ふうてい》で、上州安中《あんなか》の名主の次男だと言っていたそうだが定かではない。

さらに、伊兵衛の右の二の腕には刀傷があることもわかっていると告げた。

「その傷はきっと、剛太郎さんが一太刀返したものに違いおません……」

「恐らくそうだろうよ。だが、この野郎は、なかなか性質《たち》が悪いようだから、気をつ

けてかからねえとならねえよ」

伊兵衛は、船宿の主を隠れ蓑《みの》に、今も高利貸しで金を貯え、腕の立つ用心棒を雇った上に、役人なども手なづけているそうだ。

「そのかわり、江戸に落ち着いているようだから、逃げられることはまずあるめえ。じっくりと構えて、頃合いを見計らって、黒鉄の旦那に面体《めんてい》を改めてもらってからのことにするんだな」

清兵衛はそう付け加えたと言う。

「そうか……。それはありがたい。こう早く見つかるとは夢のようだ……」

剣之助は意気込んだ。

「今日、先生は留守だとお才さんから聞いたけど、とにかくあんたに報《しら》せてあげたらええと、小屋主さんが言うてくれはってなあ……」

「よし！　とにかく、その伊兵衛が水橋壱岐かどうか、まずこの目で確かめてやる」

「いや、そやけど、先生に相談してからの方が……」

「先生の帰りは遅くなるようだ。その間一人で稽古をしても身にはならぬ。船宿の所も、家の様子も確かめておきたい」

僅かながらも、剣術に自信を持ち始めていた剣之助はいつになく強気であった。

このところは道場に泊りこんで、少しは武士らしくなった様子を、お蔦に見せたかったこともある。

「まあ……、そっと行って覗き見るくらいのことやったら……」

お蔦にしてみると、せっかくやる気になってきた剣之助の心を折るようなことはしたくなかった。

憎い敵と思《おぼ》しき男が見つかったのだ。いても立ってもいられなくなる剣之助の気持ちは痛いほどわかる。

「よっしゃ。そしたらわたしもついていくわ」

「お蔦が……」

「どこかの御屋敷にお仕えするお侍が、おはしたを連れて歩いている……。そういう様子に見せたらええがな」

剣之助を一人行かせるのもどこか心配で、お蔦はそんな風に持ちかけた。

二人して求め歩いた敵のことだ。お蔦とて、伊兵衛とはどんな男か、己が目で確かめてみたかった。

二人は身形を改め、不慣れな江戸のこと、それぞれ駕籠《かご》を雇い、西本願寺の表門で降りた後、お蔦が仕入れた地図を見つつ、明石橋まで辿《たど》りついた。

「大したものだな……」

二人の眼前に、ひしめき合う大小の船がとびこんできた。

この辺は鉄砲洲《てっぽうず》と言われ、江戸湊《みなと》にやって来た大きな船の荷を積み替える、小型の荷船で大いに賑わう所であるのだ。

他にも、漁師の船や釣船が多く出ていて、江戸の大きさが窺い知れる。

「まあ、大坂の湊に比べたら大したことはないけどな……」

あまりいい思い出の無い生れ在所を持ち出して強がるお蔦を見て、

「お前は、ほんに負けず嫌いだな」

剣之助は、ふっと笑った。

旅の途中は何かというとこんな風にやり込められたが、少し上を向いて、つんと澄ます時のお蔦は何とも愛らしかった。

「ああ、堪忍……。おはしたが偉そうな口を利いたらあかんな……」

お蔦は畏まって見せると、剣之助の後を黙ってついて歩いた。

橋を渡った所に、〝つり舟あり〟と書かれた腰高障子が見える。

そこが、船宿〝沢のや〟であった。

塗笠を目深《まぶか》に被った剣之助は注意深く、船宿に目を遣《や》りながらこれをやり過ごし、道端で、草履の鼻緒が切れた風を装い、笠の内から屋内を覗きこんだ。開け放たれた障子戸の向こうに人影は見られなかった。どこか休む所を見つけ、伊兵衛の出入りする瞬間を見定めようかと思案した時である。

向こうの船着き場に小船が着き、恰幅《かっぷく》のよい、供を引き連れた男が降り立った。結城《ゆうき》の上下を着ているが、どこかこれ見よがしで、お蔦には、真に野暮な田舎者《いなか》に見えた。

そして、その丸顔で、眉が寄った、団子っ鼻の顔には見覚えがあった。まさしく、〝生き別れた兄〟と言って探し求めた人相書の男であった。

横で剣之助が身震いをした。

「あれがそうか……」

小声で尋ねるお蔦に、

「間違いない……」

振り絞るような剣之助の声が届いた。

果たして、船宿〝沢のや〟の主・伊兵衛こそが、剣之助の兄の敵、水橋壱岐であった。

剣之助の目は笠の下で、やがて船宿へ入っていく憎き敵をじっと追いかけていた。

元は浪人で、農学を聞きかじり、田舎の小藩に出かけては騙《かた》りを重ねたこの男は、今は温々《ぬくぬく》と絹の着物に身を包み、富裕な町人に収まっている。

「あんな奴に負けたらあきまへんで……」

お蔦は胸が熱くなり、遂に敵に出会った感動に声を震わせた。

「負けはせぬ……」

今すぐ、この場で名乗りをあげ、討ち果たしたい衝動を押さえ、剣之助は船宿の様子を確かめた。

壱岐は、船宿を入った上り框に腰を下ろし、ゆったりと煙管《キセル》を使いながら供の男と何やら話している。

店の番頭《ばんとう》なのであろうか、男は壱岐に頷くと、船宿の奥へと消えた。鋭い目付きをしていて、この男も堅気《かたぎ》の町人とは思われなかった。

清兵衛が、性質の悪い男と評した水橋壱岐のことである。それなりの用心をしているに違いない。

今日はそっとこのまま戻り、竜蔵の帰りを待ってこれを報せ、策を練って踏みこんでやる――。

そう思った時、突然、荷車を引いた男が、凄じい勢いでやって来て、剣之助にぶつかりそうになった。

「気をつけろ！」

危うくこれをかわした剣之助は叫んだ。

「こいつはどうもすみません……」

荷車の男は、丁重に頭を下げた。何かあったかと、壱岐が表の方を見たので、

「もうよい……」

と、言い置いて、それを潮に剣之助はお蔦を伴い、そそくさとその場を立ち去った
――。

引き返して怪しまれてはいけないと、鉄砲洲の海岸を北へ向かう二人の足取りは、興奮にいつしか小走りとなっていた。

やがて、細川能登守《のとのかみ》の屋敷沿いに西へと入り、大名屋敷の通りを抜け南へ取って返し、峡竜蔵の道場へ戻ったが、道中、これから始まる敵討ちの緊張で、二人の間に会話はなかった。

道場に戻ると、八ツ刻になっていた。

竜蔵は出て行ったままで、庄太夫の姿もなかった。

道場の出入口で、

「御武運を……」

しおらしく、お蔦は剣之助に頭を下げた。

初めて見せる侍を敬う町人の顔であった。

その様子に剣之助は何やら不安になり、今こそ、道場に入る前に、お蔦に己が想いを伝える時だと、言い損ねていた言葉を告げた。

「お蔦……。後は生きるか死ぬか、ただそれだけだ。峡先生のお戻りを待ち、御意見を頂いた上で、私は必ず水橋壱岐を討つ。そして、本懐を遂げた後は、お前を連れて九州豊後に帰参を果たす。武家暮らしは不便かもしれぬが、私の妻になってくれぬか……」

初めてこの道場に竜蔵を訪ねた時はおどおどとしていた物の言いようは、見違えるほど立派で凛としたものに変わっていた。

その様子をお蔦は惚れ惚れとした表情で見つめていたが、

「それは、お受け致しかねます……」

剣之助の期待に反し、これをきっぱりと固辞した。

「何と……」

剣之助は呆然として、二の句が継げない。

「亡くなりはったお兄さんに代わって、黒鉄の御家を継がんならん御人が、あほなことを言うたらあきまへん……」

「あほなこと……。お蔦、お前は私が嫌いになったのか」

「好きとか嫌いとか、そんな話やござりまへん。やくざ者と喧嘩して、大坂をとび出したような芸人風情が、なんで主《しゅう》を持たれるお侍様の、嫁になれます……」

「お前の言う意味はよくわかる。だが、今まで、どのような苦労も乗り越えて生きて来たお蔦のことだ。その気になれば私の妻にも……」

「なれまへん……。どうぞ堪忍しておくなはれ。わたしは、剣之助さんが居たよってに、女の身で方々旅に行けました。あなた様をぼろくそに言うたのは、もしやわたしにおんぶをしていることに気をつこたらあかんと思ての方便でおました。御無礼の段はどうぞお許し下さりますように……」

「よせ……。お蔦、そんな他人行儀なもの言いはやめてくれ……」

「初めてお会いして、敵討ちのことをお聞きしたその日から、わたしは本懐を遂げられた後にはお別れするつもりでおりました。この上は、あなた様の御無事をただただお祈り申し上げております」

「わかった……」

初めて目にするお蔦の畏まった態度に、剣之助はうろたえた。

「わかったぞ、お蔦。それなら私は仇討ちなどやめる。侍を捨てお前と夫婦になる。それでよいであろう」

「あほ！　そやからあんたはあかんのや！」

お蔦は恐しい剣幕で、剣之助を一喝した。

「そんなことをしてもろて、わたしが幸せやとでも思てるのか……。何もかも呑みこんで、男やったら、黙って、惚れた女の後ろ姿を見送ったらんかいな！」

そして、いつもの口調で剣之助に言い聞かすと、にっこりと笑った。

子供をあやすような、茶目っ気にあふれた優しい目が、じっと剣之助を見つめていた。

「おおきに、今まで楽しかった……。今日、二人で海を見たのは何よりでおました」

「お蔦……」

剣之助はがっくりと肩を落とした。こうなると何を言っても聞かぬ女であることは、誰よりも知っている……。

お蔦は深々と一礼すると、足取りも軽く去っていった。浮かれたように歩くのは、せめてもの強がりであろう。

観音菩薩《ぼさつ》は、突如として非力で不運な自分の前に舞い降り、そして去って行った。見送るしか出来ぬ身が、何とも哀《かな》しいが、

——別れの言葉だけは告げてなるものか。

こみあげる涙は今流すべきではないと、奥歯を噛《か》みしめて、剣之助は道場へと入った。

懐から取り出す一通の書状は、五年前、豊津家から下された〝仇討ち免状〟である。

こんな紙切れ一枚を後生大事に持って、敵に巡り会えるやどうやらわからぬ旅に人生を賭《か》ける——侍とは何と滑稽《こっけい》なものか。

そんな馬鹿げた侍が畏《おそ》れ多くて、お蔦のような情深く、機智に富む素晴らしい女が自分とは一緒に居られないと去って行った。

「おのれ……」

剣之助は戦いを誓った。

己が幸せを尽く奪い取って行く、人の世に対して、どこまでも戦うことを——もう恐れるものは何もない。

八

「それでよかったのかねえ……」

「へえ、よろしおます……」

「あたしはどうも納得がいきませんよ。何も今、別れを告げなくったって……」

「わたしのことを想うあまり、あの人がこの世に未練を残したら、命がけの勝負に気が引けてしまうかもしれまへん」

「それでは敵を討ち果たすことはできないと」

「はい……」

〝濱清〟の主・清兵衛から、船宿の主・伊兵衛のことを報され、喜び勇んで剣之助にこれを告げに行ったお蔦――その後のことが気になるお才はそれから神明に顔を見せぬお蔦を気遣い、逗留先の旅籠を訪ねたのだが……。ここで、お蔦が剣之助の求婚を断ったことを知らされて、

「何とかならないのかねえ……」

お蔦の気持ちが痛いほどわかるだけに、先程から何度も溜息をついているのである。

お蔦の決心は固く、明日、清兵衛に断りを入れて、芝神明から離れ、江戸のどこかで敵討ちの次第を蔭ながら窺うつもりだと言う。

「お才さんにはほんまにお世話になりました。峡先生には、また改めて御礼を申しま

す。今はただ、あの人の無事を祈るばかりでおます……」

そればかりが気にかかり、声を詰まらせるお蔦であった。

「心配いりませんよ。剣之助さんは必ず……」

それより他は何も言葉をかけられず、お才は旅籠を後にした。今はお蔦を一人にしてあげることが何よりだと思ったのである。

お蔦と剣之助は、別れ行くしか道はないのであろうか——こんな時は、情や理でなく、乱暴に二人を引っ付けてしまう、有無を言わさぬ力が大事だ。

お才の足は自然と竜蔵の道場に向かっていた。

今頃は竜蔵——喧嘩の仲裁を済ませ、手打ちの宴に盛り上がっているのだろうか。

お才は竜蔵を牛町へ行かせたことを悔やんだ。

陽《ひ》が陰り始め、冷たい風が吹いてきた。

このところ、賑やかな神明の見世物小屋で三味線を弾いていただけに、幼な子の手を引いて家路につく町の女房の姿など見かけると、寂しくて仕方なくなる。

思わず小走りとなり、道場に着いてみれば、取りつかれたように、素振りをする黒鉄剣之助の傍にやはり竜蔵の姿はなく、出入口の階《きざはし》に、浮かぬ顔の貧相な中年男が、所在無い様子で座っていた。

「もしやお侍さんは、庄さんとかいう……」

尋ねてみると、中年の小男は顔を綻ばせて、

「竹中庄太夫じゃ。おぬしは定めて、常磐津の師匠では……」

と、互いに竜蔵から噂を聞いていることが嬉しくて、頬笑み合った。

あれから住まいに戻り、代書の内職を済ませたものの、やはり胸騒ぎがして再び道場にやって来た庄太夫は、敵のこと、お蔦との別れを剣之助から聞かされ、胸騒ぎが現実のものとなり、どうも面白くないのである。

さらに庄太夫は、道場に来た時に、

「おかしな男が一人、道場の様子を窺っているのを見かけてのう……」

「おかしな男？」

「町の若い衆のようだが、見た目にはどうも堅気と思われぬ、〝嫌な〟顔をしていた」

その男は、庄太夫の姿を見かけると、そそくさと立ち去ったという。

「先生が留守なだけに何とも気になってならぬ」

「気になるというのは、狙う敵に気付かれたとか……」

「先生に報せる前に、面体を改めに行ったのは些か軽はずみであったな」

「でも、お蔦さんから聞いたところではそんな気配はなかったと……」

「まさかとは思うが、とにかく、黒鉄殿は今、何も耳に入らぬようでな」

庄太夫は、お才には目もくれず狂ったように木太刀を振っている剣之助を見て言った。

「そうでしょうねえ……」

お蔦から話を聞いた後だけに、剣之助が一人、木太刀を振る姿はお才の胸を打った。

「とにかく心当たりを捜して、竜さんを連れ帰ってきますよ」

「師匠、そうしてくれるかな。先生の留守中、何か事があれば、弟子として申し訳が立たぬ」

「いつから弟子になったんですか……」

「まだ正式に認めてもらったわけではないが、……。先生は何か言っておられたか」

「面白い人だけど、弟子にする気はないと……」

「面白い人だとは嬉しい……。ならば師匠、よろしく頼みますぞ」

——噂通りのとぼけた小父さんだ。

だが庄太夫の胸騒ぎには頷ける。

お才は急ぎ高輪に向かったのである。

その頃——。

案に違《たが》わず、高輪の居酒屋では、〝時の氏神〟峡竜蔵を囲んでの豪快な手打ちの宴が開かれていた。

互いに一旦、ぶつかり合わせておいて、意気が最高潮に達したところで止めに入る——。

この呼吸が喧嘩の仲裁には何よりも大事だ。

そしてこれは、剣術に通じるものがあると、竜蔵は思っている。

今日もまた、屈強の牛持人足を次々となぎ倒し、名乗りをあげるや、たちまち喧嘩は収まった。

道場には、竜蔵の教えを請う、黒鉄剣之助が待っている。

すぐに手打ちをさせて戻ろうとしたが、峡竜蔵の仲裁を受けたら、その日はとことん飲むという決まり事がいつしかできている。

「旦那、まあ一杯くれえ、付き合ってもらわねえと、また喧嘩が始まりますぜ」

などと引き留められては、無下《むげ》には出来ぬ。

一杯、二杯と大きなもので飲むうちに、元より酒と賑やかな所が好きな竜蔵は、

——敵討ちといって、今日、明日ってことはねえだろう。

と、どっぷりと宴に浸ってしまったのであるが、これが武人としての油断を生んだ。

た。

やがて夜となり、竜蔵のいない道場に、ひたひたと凶悪な浪人共が近付きつつあった。

しかし、竜蔵はそんなことを知る由《よし》もなく、夜更けて、やっとのことで高輪の居酒屋を見つけたお才の顔を見るや、

「おう、お才、今は随分といいところだ。お前もここへ来て一杯やんな……」

などと脳天気なことを言って、すぐに帰るようにと袖を引く、お才を手こずらせたのであった。

その間も、浪人共は道場に迫り、一触即発の危機を孕《はら》んでいた。

凶悪な浪人共の正体は――。

船宿〝沢のや〟の主・伊兵衛に飼われた用心棒達である。

この日の昼過ぎ、伊兵衛こと、水橋壱岐は、船宿の前をうろつく、屋敷勤めの若党と下女と思しき男女の姿を、しっかりと、船を降りた時から感知していた。

敵持ちが生きていくには、細やかな用心が欠かせない。

まして一所に落ち着こうと思えばなおさらだ。

明石町から離れてはいるが、駿河台《するがだい》には、豊津家の江戸屋敷がある。不敵にも江戸で暮らすにはそれだけの狡猾《こうかつ》さがなくてはならぬのだ。

敵に知られてはいまいと、剣之助についてお蔦が出かけたのは迂闊《うかつ》であった。

「生き別れの兄を捜している……」

見世物小屋の女芸人が見せる人相書が、〝沢のや〟の主・伊兵衛に似ているという噂を摑んだ水橋壱岐は、他人の空似と思いつつ、番頭の亀蔵《かめぞう》にお蔦を見に行かせた。

そのお蔦に似た女が船宿の前を、侍と通ったのを壱岐の共をしていた亀蔵は見逃さなかった。

この亀蔵という男も、元を正せば侍崩れの悪党で、こうしたやり取りには慣れている。壱岐に耳打ちして、荷車の男をわざとぶつからせて、塗笠を被った侍をのけぞらせた。

その瞬間、塗笠の下に見えた黒鉄剣之助の顔を、しっかりと壱岐は見ていた。

こうなると壱岐は抜かりがない。金次《きんじ》という手先に、去り行く二人の後をつけさせ、侍が三田二丁目の道場にいることをつきとめたのである。

庄太夫が道場の前で見かけたという、〝おかしな男〟とは、この金次のことである。

「侍は黒鉄剣之助って野郎に違いありやせんぜ……」

その道場には、弟子といって一人もなく、道場主の峡竜蔵とかいう剣客は、喧嘩の仲裁に走り回っていて、今日も出かけているようだと、金次は道場から戻ると短かい間に調べ上げたことを船宿の一間で壱岐に伝えた。

「黒鉄剣之助……。あの出来の悪い弟が、おれのことを突き止めたとはなあ……」

壱岐は、とっくに野垂れ死んだか、諦めたかと思っていた剣之助が、身に迫って来たことに驚いた。

「あんな若造、返り討ちにしてくれるが、五年前のことが取り沙汰されるのは面倒だ」

人気のない道場にいるとはおあつらえ向きと、壱岐は剣之助を闇に葬り、仇討ち免状を奪い取ることにしたのである。

「だが旦那、峡竜蔵って男はなかなか腕が立つようですぜ。今は出かけておりやすが、ひょっと戻ってきたら……」

金次が心配する横で、

「ふん、弟子の一人つかず、喧嘩の仲裁に走り回っているような奴だ。強いといってもたかがしれている……」

亀蔵が嘲笑うように言った。

「仙石《せんごく》先生にかかれば、どうってことはない……」

部屋の隅で静かに酒を飲んでいる一人の浪人が、薄笑いを浮かべた。

筋骨隆々たる体軀《たいく》に、自信が漲《みなぎ》っていた。

この浪人は仙石勘介《かんすけ》という、壱岐が厚遇で雇っている用心棒である。守るだけではなく、時として、壱岐の裏の顔である、金貸しで生ずる揉め事などには、自ら出かけて腕を振るう、〝傭兵〟となっていた。

仙石の剣の履歴は定かではないが、かつては東北の小藩に仕えていて、一刀流を学び抜群の上達を果たしたという。それが、己が剣を誇るあまり、同輩との喧嘩口論が絶えず、遂には主君の勘気に触れ、放逐された。

そうして浪々の身となった仙石勘介は、やがて江戸へ出て、敵持ちの伊兵衛と出会い、その邪悪な剣を生かす道を得たのである。

「念のため四人連れて行く。まず任せておくがよい」

仙石はたちまち、手下を四人集め、金次に案内をさせて、その夜のうちに峡道場へ向かった。

そして今、目指す道場を目のあたりにして、そっと中を窺うに、道場には木太刀をとって型の稽古をする黒鉄剣之助と、蚊蜻蛉のような中年の侍の二人しかいないことがわかった。

「金次、首尾は上々、明日の朝、仇討ち免状を届けると、主に伝えろ」

仙石は太く押し殺した声でそう告げると、金次を帰し、手拭《てぬぐ》いで頬被りをした。

手下達もこれに倣《なら》い、五人は辺りに人影がないのを確かめた後、そっと腕木門を潜ったのである。

九

「お才、そいつはすまなかったな。まさかこんなに早く見つかるとは思っていなかったからよう」

「清兵衛の親方が、目星はついていると言っていたじゃないか。まったくのんびりとしてしまってさ」

「そうは言っても、お前が喧嘩の仲裁を持ってくるから……」

「だからいい頃合を見て、抜けてくれればよかったんだよ。色々あって、あたしも庄さんも気を揉んでいたんだから」

お才にあれこれと詰《なじ》られながら、竜蔵は道場への道を急いでいた。

牛町へ出かけてからのことを、矢継ぎ早に聞かされては、竜蔵もじっとしていられなかった。

「ちょいと急ぎの用が出来ちまってよう、皆、すまねえな！」

片手拝みで牛持人足達と別れ、お才と二人、高輪の居酒屋をとび出したのである。

「ちょいと竜さん、歩くのが早いよ。あたしはか弱い女なんだからね」

「か弱いだと？　三味線片手に走り回っていた姉ちゃんが、いつの間にそうなっちまったのかねえ……」

賑やかに話しながら東海道を北へ、札之辻《ふだのつじ》を左へ折れて夜道を行くと、道場が見えて来た。門の脇に柳の木が街路樹の体《てい》で植わっている。これが少し道場の出入口を暗くしているようで竜蔵は気に食わない。

実際、その木陰に身を潜ませ、つい今しがた頬被りの浪人が忍び込んだことを、竜蔵は知らぬ。

「うわァーッ！」

道場の方で絶叫がした。

「竜さん⁉　今の声は……」

「お才、柳の蔭に隠れていろ！」

竜蔵は、左手で鯉口を切りつつ、猛然と駆けた。

その時——道場では、突然の侵入者を出入口で見かけた竹中庄太夫が慌てて木戸を閉めて、何事かと木太刀を持つ手を止める剣之助に、

「逃げるのだ！」

と、叫びつつ、傍の大刀を引き寄せ、木戸を開け、崩れこむ先頭の浪人の足に抜き打ちをかけた。

思わぬ迎撃で、足を払われた拍子に先頭が倒れ、後続がそれに行手を塞がれ、将棋倒しとなった。

「さ、早く！」

庄太夫は、呆気にとられる剣之助と共に、道場と繋がる拵え場へ逃げた。そこからは、裏庭へ下りられる。

しかし、裏木戸からのっそりと姿を現した偉丈夫《いじょうふ》の侍が一人――仙石勘介である。

「う⁉」

いかにも強そうな新手の登場に、思わず二人は道場に押し戻される。

道場には体勢を立て直した四人の手下共が待ち受けていた。

「お、お前達は、水橋壱岐の手の者か……」

必死の思いで刀を構えて、剣之助が問うた。

「その構えで、敵討ちとは笑止なことよ……」

仙石は冷徹な目を向け、それ以外は何も応えず、手下共に顎をしゃくった。

「死ね……！」

四本の白刃が、一斉に剣之助と庄太夫に振り下ろされようとした時であった。

「待ちやがれ！」

危うく、竜蔵が間に合った。

「おのれ！」

と、道場に駆けこむ竜蔵に手下の一人が真っ向から斬り下げた。

「えい！」

これを竜蔵、見事に下からはね上げた。ぶつかり合う刃と刃は火花を散らし、そのまま右に回り込んだ竜蔵の二の太刀は横から斬りかかる一人の肩を割っていた。

「先生！」

その見事な太刀捌きに、庄太夫は、歓呼の声をあげた。

「小癪《こしゃく》な……、こ奴はおれに任せろ」

竜蔵の腕を見るや仙石が前へ立ち塞がった。

「手前が親方かい！」

竜蔵は、言うや刀を右の斜め上にすり上げるように前へ出て、仙石の構えを崩しにかかった。しかし仙石は焦らず後退り、構えを崩すことなく間合いを保つ――。

――こ奴は遣いやがる。

手下は三人が依然、無傷である。そして、仙石に行く手を阻まれる竜蔵を嘲笑うように、剣之助と庄太夫ににじり寄る。

――これはいかぬ。

助けるに助けられぬ竜蔵は、仙石に怒りの一刀をくれるが、仙石は打ち払い、一進一退が続く。

さらに、道場の出入りから新手が一人、突如として現れた。

「お前は……」

新手の侍は、何とあの深編笠の侍――こ奴は敵の回し者であったかと、竜蔵の顔に焦りの色が浮んだが、

「助太刀《すけだち》致す！」

と、深編笠は、抜刀するや、右に左に仙石の手下二人を斬り捨てた。

「おう、これも偶然か？」

思わず笑顔がこぼれた竜蔵に、

「もちろん偶然だ。これでわかったであろう。某はおぬしをつけ狙ってはおらぬ」

「ああわかった！　忝《かたじけ》ない！」

思わぬ手練《てだれ》の登場に、色を失う仙石の隙《すき》をつき、竜蔵は手下の一人に殺倒し、負けてなるものかと、これを袈裟《けさ》に斬り捨てた。

「お見事！」

深編笠はそのまま、立ち去った。

「おかしな奴だ。こんな夜中に深編笠か」

竜蔵は愉快に笑った。これで足枷《あしかせ》はなくなった——さあ勝負だと今度は仙石に向き直る。

「うむッ！」

思わぬ展開に苛つく仙石は、大上段に振りかぶり、大きく踏み込んで面から胴へと斬りつけた。しかし、その動きを瞬時に読んだ竜蔵は、これをかわすや相手の左に回り込み、胴を空振りし、腕が右に伸びきり、無防備になった仙石の左肩を蹴りあげた。

その一撃によろめく仙石の振り向き様を、

「えいッ！」

と、竜蔵の刀が首筋から下へと斬り下げた。

声も無く、仙石は、どうッと崩れ落ちた。

あまりの斬撃《ざんげき》に、痛みも忘れて逃げ出したのは、初めに竜蔵に肩を割られた一人

――これを、庄太夫が一貫目の素振り用の木太刀で叩き伏せた。堪らずこの一人は失神した。

「こ奴は殺さず、生き証人と致しましょう」

「庄さん、やるじゃねえか……」

「先生、もう少し早く帰って下さいよ……」

庄太夫はほっとして、腰が砕けた。

「助かりました……」

剣之助も、並んで腰を下ろした。

「すまなかった。こんな筋書きになるとは夢にも思わなかったからよ。おらァ未熟だな」

「いえ、私が未熟でした。心が逸って、後先考えずに水橋壱岐を見に行ったのがいけませんでした」

「おれがお前だったとしても、そうしていただろうよ。気を失った野郎から詳しく話は聞くとして、水橋壱岐め、恐らく勘付いて、敵討ちそのものを葬り去ろうとしたのに違いはなかろう。汚ねえ野郎だ」

ふと見ると、出入口にお才が居て、累々と横たわる骸《むくろ》に度胆を抜かれていた。

「お才、もう心配はいらねえよ」

竜蔵の笑顔に安心したお才は、気持ちを落ち着かせつつ、

「深編笠の侍が出入りしたようだけど、あれは何者なんだい……」

「ああ、あれはおれの友達だ。まだ顔は見ちゃあいねえが……」

「何だいそれは……」

竜蔵は、巧みな剣で助太刀をしてくれた深編笠の爽やかな声を思い出しながら、今宵の斬り合いにすっかりと気持ちが高揚するのを覚えた。ふと見ると、庭の沈丁花が紅紫色の花を咲かせていた。

「剣之助！」

竜蔵の大音声《だいおんじょう》に、余りにも衝撃の多い一日に、呆然自失たる思いでうなだれていた剣之助が、はっと我に返った。

「は、はい……」

「手前、女にふられて敵に命を狙われて、うじうじとしていやがったらぶっ殺すぞ！お蔦はまだ江戸を離れちゃあいねえ、敵の居所もわかった。これからが本当の勝負だ。いいか、お前には失うものは何もねえんだ。身を捨ててこそ、何とか言うだろ」

「浮かぶ瀬もあれ……」

庄太夫が補足した。

「そうだ。〝身を捨ててこそ浮かぶ瀬もあれ〟だ。剣之助、骨はおれが拾ってやる。いざ尋常に勝負だ！」

「はい！」

剣之助は、竜蔵の勢いに後押しされて勇気百倍――若い力は時にあらぬ方を向いて走る頼りないものだが、一所にしっかりと向けられた時の爆発は半端なものではない。

俄師弟は決意を新たに頷き合った。

「しっかりとやりましょう！」

間髪をいれず雄叫びをあげたのは、やはり庄太夫であった。

翌朝――まだ夜明けを迎えたばかりの明石町の船宿〝沢のや〟の前に、一台の大八車が止まった。

引っ張って来たのは、剛健なる若き剣客である。

剣客は、大八車に掛けてあった筵《むしろ》をさっと取り除いた。

そこには、肩から血を流して怯《おび》えている浪人が一人、縛られた状態で載せられていた。

剣客が峡竜蔵で、浪人が昨夜、竜蔵に命ばかりは助けられた、仙石勘介の手下であることは言うまでもない。

「お前だけは、剣之助襲撃の一件には加わらなかった……。そうしておいてやるから、おれの言うことを聞け」

そう脅されて連れて来られたのである。

「金次……。おれだ……。飯田《いいだ》だ……」

飯田と名乗る浪人は、縛《いまし》めを解かれると出入の潜り戸を叩いて、金次を呼んだ。

仙石から、仇討ち免状を、朝に届けると言われていた金次は、船宿の一間で夜通し小博打《ばくち》に励んで待っていて、

「こいつは飯田の旦那、御苦労さんでございましたねえ」

と、すぐに内から戸を開け、飯田浪人を招き入れようとしたところ、そのまま店の奥へと、吹きとばされた。

飯田の横から現れた竜蔵が、金次を蹴り倒したのである。

出入りの上り框に頭を打ちつけ、金次は昏倒《こんとう》したが、その大きな物音に、番頭の亀蔵が、

「何の騒ぎだ……」

と、人相風体の悪い男達を引き連れやって来た。どうせ裏で高利貸をしている、水橋壱岐のよからぬ使用人なのであろう。

この時、竜蔵はすでにずかずかと中の土間へと入って勝手に、船宿の戸を開け放っていた。そして飯田の首根っこを摑みながら、

「おう、主の伊兵衛を呼びやがれ！　おれは、昨夜、この野郎達に家を荒された峡竜蔵ってもんだ！　こいつの親玉と仲間は皆叩っ斬った。今日は売られた喧嘩を買いに来てやったぜ……」

と、胸がすく啖呵《たんか》をぶちまけた。

「ま、まさか……」

肩を斬られ、青い顔で、竜蔵のなすがままになっている飯田を見て、亀蔵はわなわなと震えた。

仇討ち免状を奪い取ってくるどころか、あの仙石が返り討ちにあったとは——。

金次の報告に、勝ち誇って眠りについていた伊兵衛は、そんなことが起こっているとは夢にも思わず。竜蔵の啖呵に目覚め、若い衆が喧嘩でも始めたのかと、思わずそこへやって来た。

竜蔵の前に、人相書通りの丸顔で、眉と眉の寄ったあの顔が現れた。

「手前が伊兵衛……。いや、水橋壱岐だな……」

飯田の首根っ子を押さえながら、恐しい眼光を放って睨みつける竜蔵の様子に、水橋壱岐はすべてを察し、逃げ出そうとしたが、たちまち、亀蔵達を叩き伏せて迫る竜蔵に、襟髪を摑まれて、表に放り出された。

「おのれ水橋壱岐！　我は黒鉄剛太郎が弟・剣之助！」

見上げると、そこには白装束に刀を引っさげた黒鉄剣之助が立っていた。

「覚えがあろう……」

「ひ、人違いだ……。私は水橋壱岐などではない……」

「この期に及んで卑怯《ひきょう》な奴め！　兄の仇、いざ尋常に勝負致せ！」

言うや、剣之助は斬りかかった。これを壱岐は何とかかわすと、最後のあがき——船宿の土間で、竜蔵にけ散らされた手下が持っていた長脇差《わきざし》を拾いあげ、

「小癪な……。かくなる上は返り討ちにしてくれるわ！」

と、刀を抜いて応戦した。

「こ奴に助太刀する者はいるか！　いるならおれが相手をしてやる！」

竜蔵は抜刀し、二人の決闘を見守った。

たちまち辺りに、騒ぎに起こされた近所の町の衆が野次馬となって群がった。その

人混みの中には、庄太夫が、そして、お才に無理矢理引っ張ってこられたお蔦の姿があった。

命をかけた剣之助と壱岐の殺し合いが始まった――。

返り討ちにすれば、日頃飼い慣らしてある役人に縋《すが》り何とか生き延びられるだろうと、この期に及んで、まだ壱岐は画策していた。

――こんな弱々しい若造に負けて堪るか。

騙し討ちとはいえ、人を斬ったことのある壱岐はそれなりに度胸が据わっている。

激しく剣之助に斬りつけた。

先を取られた剣之助は追い立てられた。

彼を見守る一同は思わず顔を手で覆った。

だが、今の剣之助は、ただ闇雲に斬りつけてくる壱岐の攻めなど、何も恐くなかった。真剣を抜いた竜蔵と型の稽古をした時の緊張に比べれば壱岐の剣の何と拙ないことであろう。

「死ぬ気でただ突いてくる相手ほど厄介なものはない……」

竜蔵は亡父からそう教えられたという。

――死んでやる。いつ死んだっていい。

剣之助は、お蔦に去られては、勝ったところで生きている意味などないと思っていた。

「きえーッ！」

怪鳥のような掛け声も、少しはたくましくなっていた。一通り壱岐の技をかわすと、体勢を立て直した。剣之助は遮二無二突いた。腕や肩に壱岐が放つ一刀を受けてもまるで怯《ひる》まなかった。

そして、遂に一太刀が壱岐の右肩を貫いた。

「お、おのれ……」

痛みに後退る壱岐に、

「覚悟！」

と、尚も繰り出した剣之助の一刀は、今度は見事に壱岐の腹に深々と突き立った。

壱岐は、信じられないという表情を浮かべ、バッタリと倒れた――。

「黒鉄剣之助殿、お見事！」

竜蔵が叫んだ。

「忝のうござりました……」

剣之助は放心の態で、その場に座り込み肩で息をした。

それと同時に、野次馬達から歓声があがった。

剣之助はその中に、所憚《はばか》らず歓喜の涙を流すお蔦の姿を見た。

二人の旅は終わったのであろうか。

――いや、そうではない。兄の無念を果たした今、することがある。それを終えてこそ己が本懐なのだ。

剣之助は傷ついた体を引きずるように、ゆっくりとお蔦の方へと歩み寄った。

十

それから……。

梅の花が満開になるのに、少しの時を要した。

そして、そこかしこで花を咲かせた、紅梅、白梅が彩りを添える、高輪大木戸辺りでは、この日も、西へ旅立つ人、西から来る人、それを送迎する人達の出会いと別れが繰り広げられていた。

その中に、黒鉄剣之助を見送る、峡竜蔵、お才、竹中庄太夫の姿も見られた。

敵・水橋壱岐を討ち果たし、豊津家江戸屋敷へと引き取られた剣之助は、藩主・豊津豊後守と対面の上、約束通り、黒鉄家の再興を許され、これから九州豊後へ旅立つのである。

大木戸近くに築かれた石垣の前には、剣之助の供をするべく遣わされた、家中の士が数人、畏まっている。

驚くべきは、剣之助の傍にいる武家の女である。髪を丸髷《まるまげ》に結い、胸許には懐剣が覗き、楚々《そそ》とした仕草がどこか頰笑ましいこの婦人は、お蔦の変わりし姿である。

剣之助との別れを決意したお蔦であった。しかし、敵を討ち果たし、突如たくましく生まれ変わった剣之助は、この度の成果はお蔦に負うところが大きい。それ故に、その身の安全を保証してもらいたいと、豊津家江戸留守居役・丸山蔵人《まるやまくらんど》に申し出て、半ば強引に、お蔦を屋敷に同道させた。

さらに、敵討ち成就の報に、とっくの前に黒鉄兄弟のことなど忘れてしまっていた豊後守は、その短慮を恥じ、剣之助の快挙を大いに賛《たた》えたのであるが、剣之助を支え続けたお蔦の噂を時の大目付・佐原信濃守《しなののかみ》が耳にし、これに大いに心を打たれたと、豊後守に伝えたものだから、豊後守はますます興奮して、お蔦を丸山蔵人の養女として、剣之助に改めて嫁がせるよう、粋な裁定を下したのである。

こうなると、もう〝主命〟である。お蔦に否応《いやおう》はなく、今日の仕儀となったのだ。

「お蔦、私の妻となれる女は三千世界にただ一人、お前だけだ。お前を妻とすることは、殿の御意志でもある。もしここで、別れると再び口にするなら、私はこの場で腹を切る！」

剣之助は、江戸屋敷に取り籠めた上で、お蔦にこう迫ったという。

「この人、調子にのってしもて、どないもなりまへんわ……」

供侍《ともざむらい》に聞こえぬように、お蔦は小声で言って、見送る竜蔵、お才、庄太夫を大いに笑わせた。この上方言葉もそのうちに、武家の妻女らしくなるのであろうか。いや、二人だけの一時は、この言葉を懐しんで睦《むつ》み合うのであろう。

「まあ、何はさてよかった。なあ、お才……」

「あい、その、大目付の……」

「佐原信濃守だろう」

「なかなかいいお方じゃないか、女の苦労とか、哀しみってものをよくおわかりなんだねえ」

「上様の御信任厚き御仁と聞きますな……」

庄太夫が横手で補足した。

「それより、先生、どうして出稽古の話をお断りになったのですか」

剣之助は、竜蔵を真《ま》っ直《す》ぐに見て言った。

「おれにはまだ、御大名の家に出入りするだけの器ができていないよ……」

竜蔵は、にこやかに頭《かぶり》を振った。

剣之助は、敵討ちの何よりの恩人として、竜蔵の名をあげ、豊津家では、まず江戸屋敷の道場に剣術指南に招き、その様子においては召し抱えてもよいという段にまで事が進んだが、竜蔵はこれを丁重に断ったのである。

「器がないなどと……。私は、短かい間ではありましたが、先生によって、生きた剣を学びました。私にとっては一生の師であると思っております」

その声には、限りなき感謝の念がこもっていた。

「何の、教えられたのはおれの方だ」

竜蔵は穏やかに応えた。その目は、怒り狂っている時の、炎に包まれた刺すようなものとはうって変わって、どこまでも澄み渡る湖の水面《みなも》のように美しかった。

「私が教えた……」

「ああ、色々なことを教わった。人にものを教えることの難しさ、楽しさ、素晴らしさ、己に油断があったことも、人を想う心の美しさも……。ああ、それと、庭の木が沈丁花で、腫れものに効く花ってこともな……」

「先生……」

たちまち、剣之助の目に涙が浮かんだ。

「おまけに、お前さんの兄貴を情ねえ侍だなんて言ってしまった。そんなおれは、まだまだ、大名屋敷にえらそうに行けぬよ。さあ、名残《なごり》はつきぬ。黒鉄剣之助殿、御新造、達者でござれよ」

竜蔵は頭を下げてみせた。

「忝のうござりまする……」

剣之助とお蔦は深々と頭を下げると、やがて、旅立った。堂々たる足取りで道行く夫と付き従う妻――。

寄り添う夫婦の姿は、すっかりと様変りしていた。

国表《くにおもて》へ戻れば様々な試練も待っているであろう。だが、あの二人ならば……。夫婦の幸せを確信する、竜蔵の横で、遠ざかる二人をいつまでも見送るお才と庄太夫の表情も温かだ。

「いや、夫婦というものは面白い。この先も、あの夫婦の旅は続くのでしょうな……」

しみじみと、わかったようなことを言う庄太夫の真面目《まじめ》くさった横顔を眺めながら、

――仕方がない。小父さんの入門を認めてやるか。

心の内で呟く竜蔵の頭上で、並び咲く、紅白の梅の花弁が春の風に揺れていた。

第二話　去り行く者

一

「ああ、そう言えば、まだ初松魚《はつがつお》を食っちゃあいねえや……」

日課にしている型の稽古《けいこ》を終えて、峡竜蔵は、道場の見所の框《かまち》に腰を降ろしつつ、ぽつりと呟《つぶや》いた。

武者窓から差し込む陽光は、日毎《ひごと》強さを増している。

庭の木々の青葉が目にしみる。

「変わっちゃあいねえのは、おれだけか……」

亡師・藤川弥司郎右衛門が与えてくれた、芝・三田二丁目の道場で独り暮らす竜蔵である。発する言葉の大半は独り言だ。

いや、この三月《みつき》ばかりは様子が違っていた。

「初松魚ですか。よろしゅうございますな」

いちいち、竜蔵の言葉に反応する中年男が、足繁《あししげ》く道場に通って来ていて、今も現れて、出入口から声をかけた。

「庄さん、来ていたのかい……」

中年男は、竹中庄太夫である。

歳明《としあ》け早々にこの道場を訪ねて来てよりこのかた、庄太夫は昼頃になると干物や漬物などを持参して、峡竜蔵家の台所で飯を炊いていた。

独り者で、奉公人の一人置いているわけではない竜蔵は、夕餉《ゆうげ》はその辺りの一膳飯《いちぜんめし》屋《や》などでとり、そこで握り飯を作ってもらい、それを翌朝に食べるというのが常なのだが、道場で稽古に励む昼間は、外に出るのが億劫《おっくう》で、庄太夫との昼餉は随分とありがたい。

「初松魚なら、〝ごんた〟がうまく仕入れたそうで……」

庄太夫は、中食《ちゅうじき》の菜に持ってきた半平《はんぺん》を、出入口の縁《へり》に置くと、竜蔵の前に端座して言った。

居酒屋〝ごんた〟は、近くにある庄太夫、行きつけの店で、いつしか竜蔵も、主《あるじ》の権太とは顔馴染《なじ》みになっていた。

「おお、そうかい。そんなら今宵にでも、初松魚で一杯……と、言いてえところだが、このところは、常磐津《ときわず》の師匠で昔馴染みのお才が持ってきてくれる、喧嘩《けんか》の仲裁もとんとなく、内職による実入りが途絶えていた。

本職の方でも、豊津家家臣・黒鉄剣之助の仇討《あだう》ちの助太刀《すけだち》をしたことで、豊津家を始め、大目付・佐原信濃守の屋敷からも、出稽古の誘いがあったものの、

「某《それがし》には、まだ御屋敷に出向いて、剣術を指南するだけの、威徳が備わっておりませぬ故《ゆえ》、何卒《なにとぞ》御容赦下さりませ……」

と、これを断っていたから、そろそろ財布の底が尽きかけていたのである。

出稽古に赴《おもむ》けば、謝礼のひとつも出るであろうに、峡竜蔵はこの辺においては、己の剣に妥協を許さない。

「金なら何とでもなりますよ。実は、昨日、代書の手間が入りまして……」

膝《ひざ》を進める庄太夫であったが、

「そいつはいけねえ……。いや、それはなるまい」

竜蔵は、侍口調に戻って、庄太夫の申し出を却下した。そして、壁の方を見て、

「こういうことになった上は、庄さんに頼るわけにはいかぬよ」

と、頰笑《ほほえ》んだ。

道場の壁には、竹中庄太夫の掛札がただ一枚だけかかっている。

それは、一回り以上歳下の、峡竜蔵への弟子入りが叶《かな》ったことを表していた。

「やはり、道場には掛札がありませんとな……」

弟子と認められた庄太夫が、まずしたことは、代書屋を内職とするこの男らしく、掛札を作ることであったのだが、以来、

「師たる者、弟子に酒食を集《たか》ることなどもってのほかのこと」

と、竜蔵は庄太夫が昼に持参する菜の代も庄太夫に払わせなかった。

ましてや、初鰹《はつがつお》は高価な魚である。師が弟子に振る舞ってこそのものだと、竜蔵は言い出したら聞かない。

「先生、そう頑《かたくな》になることもござりますまい」

とはいえ、庄太夫は、この若き師と初鰹で一杯やりたくて仕方がない。

四十を過ぎ、剣術をまったくといっていいほど修めていない我が身が武士にあるまじきことと、この〝峡道場〟に押し掛けるように入門したが、心の底では、峡竜蔵という〝剣俠《けんきょう》〟の軍師となって、彼を世に知らしめたいという想《おも》いがある。

四季折々、竜蔵と酒を酌み交し、輝ける未来を語ることは、庄太夫の何よりの喜びであるのだ。

「某、峡先生に、入門のお許しを賜わりながら、未《いま》だ束脩《そくしゅう》を受けとっては頂いておりませぬ」

　庄太夫は畏《かしこ》まった。

　この貧相な中年男が真面目《まじめ》な顔を作ると、えも言われぬおかしみが出る。

「束脩なんていらねえよ……」

　思わず、竜蔵の口調も、友達に対するそれとなった。

「庄さんにはあれこれ世話になっているし、剣術ったって、大したことも教えていねえしな」

　まともに教えたら、庄太夫の蚊蜻蛉《かとんぼ》のような身体は、三日ももたず拉《ひしゃ》げてしまうであろう。

「それは、この老体を慮《おもんぱか》って下さってのこと。型の稽古などはつけて頂いております。束脩を受け取らぬと申されまするなら……」

「せめて、初松魚でも奢《おご》らせろってかい」

「そういうことで……」

「う〜む……。まあ、そんなら、そうさせてもらおうかな……」

「へ、へ、へ……」

風変わりな師弟は、互いに笑い合った。

若き竜蔵の剛直は、世故《せこ》に長《た》ける庄太夫の弁説によって、いつもこんな具合にほぐされてしまうのであった。

「では先生、からしでやりますか、大根《だいこ》おろしでやりますか」

「おれは、大根おろしがいいねえ……」

やはり鰹は、〝勝負にかつお〟という縁起から、武運を高める武士にとって、必ず食べねばならぬものだと、昼餉もとらぬうちから大いに盛り上がる二人であった。

「何とも、お気楽なものだな……」

そこへ、いきなり道場の外から、皮肉たっぷりな声が投げかけられた。

竜蔵が怪訝《けげん》な顔を向けると、武者窓から竜蔵と同じ歳恰好《かっこう》の剣客が一人、嘲笑《あざわら》うような目を向けていた。

その顔立ちは、なかなか形よく整っていて、いかにも澄ました様子から高慢の程が窺《うかが》われる。

「沢村《さわむら》……。手前、何しに来やがった！」

顔を確かめるや、竜蔵が吠《ほ》えた相手は、沢村直人《なおと》――かつて、藤川道場での同門の士である。

下谷の町医者の倅《せがれ》で、何かというと学才をひけらかして理屈を言うので、当然の如《ごと》く竜蔵とは反《そ》りが合わず、稽古において、道場の外で……、何度となく竜蔵は沢村をぶちのめしてきた。

しかし、沢村は兄弟子《あにでし》に取り入るのがうまく、結果、悪者になるのは決まって竜蔵になるので、なおさら頭にくる男なのである。

藤川弥司郎右衛門の高弟・赤石郡司兵衛《あかいしぐんじべえ》孚祐《たかすけ》が、弥司郎右衛門の後、直心影《じきしんかげ》流の的伝を受け継ぐと見極めるや、沢村はうまく立ち廻《まわ》り、下谷車坂の赤石道場に門人として入り直したのだが、こういうところも、何もかも竜蔵は気に入らぬ。

直人と呼ばず、

「沢村！」

と呼ぶのも、一族尽《ことごと》く気に入らぬという気持ちの顕《あらわ》れなのである。

「おう、沢村！　久し振りにぶちのめしてやるから、外に居ねえで、道場の中まで入って来やがれ」

早速、嚙《か》みついてきた竜蔵を、沢村は鼻で笑った。

「相変わらずの癇癪持《かんしゃくも》ちだ……」

「癇癪の虫を起こさせるのは、手前だろ。さあ、入ってきやがれ！」

「ああ、入るさ。今日は御供をしてきたのでな」

「御供……」

武者窓に、沢村に替って、赤石郡司兵衛の顔が現れた。

「竜蔵、元気で何よりだ」

「あ、赤石先生……。沢村！　手前、それを早く言いやがれ！」

二

赤石郡司兵衛には威徳が備わっている。

齢《よわい》五十を一つ過ぎ、直心影流十一代の的伝を受けた、この偉大なる剣客の総身からは、

「何か恐しい光のようなものが、あちこちにとんでいる……」

向こう見ずで、恐い者知らずの竜蔵が、そう思わずにはいられない程である。

だが、それは、剣の道に没頭してきた、竜蔵ならではの畏怖《いふ》で、その古武士然とした面相の中に、絶えることなく漂う穏やかな笑みは、研ぎ澄まされた剣伎の凄味《すごみ》を覆い隠し、多くの剣士達の尊敬を集めているのである。

「近くを通りかかったので、立ち寄ってみたのだが。うむ、良い道場だ……」

見所に座るや、郡司兵衛は畏まる竜蔵に親しみの目を向けた。

住居の一間を勧めたが、郡司兵衛はここが落ち着くと、道場を望んだ。

沢村直人は、〝優等生〟を気取って、道場の隅に控えている。

「竹中庄太夫……か」

郡司兵衛は壁の掛札を見て竜蔵に問うた。

「今日は、来ておらぬのか」

「た、竹中……庄太夫は、そ、そ、某にござりまする……」

盆に茶の用意を載せて、母屋から現れた庄太夫が緊張の面持《おもも》ちで応《こた》えた。

名だたる剣客・赤石郡司兵衛の来訪を知り、慌てて、出入口に置いた半平を拾いあげ、茶の仕度をしに台所に駆け込んだ庄太夫――緊張に茶碗をカタカタと鳴らせている。

意外な、竜蔵の一番弟子の登場に、

「ほう、おぬしが……」

郡司兵衛は驚いたように、庄太夫を見た。

沢村が、ぷっと吹き出すのが、竜蔵の耳に届いた。

――この野郎、おれの弟子を馬鹿にしやがったら、ただじゃおかねえぞ。

たとえ、赤石郡司兵衛の前であろうと、白黒つけてやると、竜蔵は、ぐっと沢村を睨《にら》みつけたのだが、

「竜蔵、藤川道場を出てこの方、おぬしもなかなか苦労をしたようだな」

と、郡司兵衛が、豪快に笑った。

「いやいや、さもなくば、斯様《かよう》な弟子が入門を請うはずはない……」

郡司兵衛は、竹中庄太夫を一目見て、これは味わい深い男だと看破して、このような男から慕われるとは、大したものだと、竜蔵を手放しで誉《ほ》めたのである。

赤石郡司兵衛ほどの男に、味わい深い男だと見られて、庄太夫は感動の余り、思わず茶碗を取り落とし、沢村は、極《きま》り悪く黙って俯《うつむ》いた。

それから、郡司兵衛は、竜蔵に型の演武を所望し、それを見るや、

「うむ、修練を積んだな。時折は、長者町の道場にも顔を出すがよい」

と言い置いて、道場を後にした。

「わざわざのお運び、忝《かたじけ》のうござりました……」

庄太夫を従え、沢村直人を黙殺しつつ、竜蔵は郡司兵衛を表まで見送ったのであるが、その際、

「森原《もりはら》先生は御息災にござりまするか」

と、竜蔵はかつて、下谷長者町の藤川弥司郎右衛門の道場に内弟子として寄宿していた折、あれこれ世話になった、森原太兵衛《たへえ》という剣客について問うてみた。

太兵衛は、竜蔵の亡父・虎蔵、赤石郡司兵衛らと共に、藤川道場の俊英として鳴らし、郡司兵衛が、車坂に己が道場を構え、虎蔵が大坂で客死した後は、藤川弥司郎右衛門を助け、門弟達の指導にあたっていた。

弥司郎右衛門の死後、藤川道場の跡を継いだ、養子の藤川次郎四郎《じろうしろう》も、三十八歳の若さで後を追うように死んでしまい、今はその子でまだ十一歳の弥八郎近常《やはちろうちかつね》の後見役を赤石郡司兵衛に代わって務めているはずであった。

弥司郎右衛門の遺志で、この道場を構えてよりこの方、竜蔵は、日々の己が修練と、食扶持《くいぶち》を得ることに追われ、敷居の高さも相まって、長者町にはまるで顔を出すことがなかった。

それゆえ、森原太兵衛への無沙汰《ぶさた》が何とも気にかかっていたのである。

「森原太兵衛は道場を出た……」

しかし、郡司兵衛の口から意外な言葉が返ってきた。

「道場を出た……」

竜蔵はあんぐりと口を開けた。

「報《しら》せておらなんだのか」

郡司兵衛に質《ただ》されて、

「はて、何か手違いがありましたようにて……」

沢村は申し訳なさそうな表情を浮かべた。

――野郎、ぬけぬけと。わざと報せなかったに決まってらあ。

今にも沢村に殴りかからんばかりの竜蔵を、

「これ……」

長者町に顔を出さぬおぬしもいけないと、郡司兵衛がこれを窘《たしな》め、太兵衛が一月ほど前に、気力、体力ともに衰えを覚えた、この上は弥八郎の後見など、とても出来ないと、師範代を辞し、道場とは無縁の人になったことを告げた。

「まさか、森原先生が……」

老いたといっても五十歳手前――早世した、次郎四郎近徳《ちかのり》の頼みで、車坂に道場を構える郡司兵衛を助け、幼沖《ようちゅう》の弥八郎の後見を引き受けたばかりだというのに、すぐにこれを投げ出して道場を去るなど、竜蔵には考えられないことであった。

「何か深い理由があるのであろう。だが、何度問うても、太兵衛はそれを言わぬ。死生の間を行き来してきた太兵衛のことだ。語らぬことに意味がある。あえて、おれも深くは問わなんだ」

それゆえ、現在、赤石郡司兵衛は、弥八郎の後見を一人でこなし、車坂にある自分の道場と、長者町の道場を行ったり来たりの毎日であるという。

「そうでしたか……。それで、今、森原先生はどちらに……」

「それがよくわからぬ。娘の綾《あや》と二人で居るのを橋場《はしば》辺りで見かけたという者が居たようだが、去り行く者のことは、皆、知ろうとせぬものだ」

「某も同じ身上でござるに、お立ち寄り下さりまして嬉《うれ》しゅうございました」

「おぬしの父親には、昔、世話になったゆえにな。御袋殿も案じていなさる由《よし》。たまには訪ねて差しあげろ」

こちらも無沙汰続きの、母・志津のことを諭《さと》され、竜蔵は頭を掻《か》いた。

「そうか、やはりおぬしは太兵衛のことを知らなんだか……。まあよい。世話になっている弟子と、初松魚を食ってこい」

郡司兵衛は、少し意味あり気に呟いた後、一両を、有無を言わさず竜蔵の手に握らせると、沢村直人を従え、去っていった。

――いい恰好だ。

後姿を見送る竜蔵は嘆息した。

威風漂う挙措動作、時折放つ砕けた物言い……。ひたすらに豪快と洒脱《しゃだつ》で生き抜いた、父・虎蔵は、誰かれなしに友となり慕われたが、赤石郡司兵衛は、誰からも師と敬われる男であった。

では、森原太兵衛という男は……。

――優しい人であった。

浜から時折吹きくる涼風が、初夏の陽気を程よく和《なご》ませていた。

朝稽古の名残の汗が、ひやりとして、何とも竜蔵の胸の内を切なくさせた――。

「おい権さん、お前、こうぶ厚く切ってしまったら、すぐに松魚がなくなってしまうよ……」

板場を覗《のぞ》く庄太夫が、声を弾ませた。

「へ、へ、しみったれたことを言いなさんな……」

包丁を振るう権太の声にも、初鰹を扱うからか、いつにも増して張りがあった。

その日も暮れた。竜蔵は、庄太夫を伴い、日頃の礼だとお才を誘って、赤石郡司兵衛から貰《もら》った一両を握りしめ、居酒屋〝ごんた〟へ、出かけた。

もちろん、初鰹が目当てで、溶き芥子《がらし》と大根おろし両方の味で、紫蘇《しそ》の葉を刻んだものを絡めながら、冷や酒を供に、三人は大いに舌鼓《したつづみ》をうった。

これで無事、今年も初夏の初物を食べ、めでたく七十五日寿命を伸ばせたわけだが、今日は今ひとつ、酒が入った竜蔵の、いつもの豪快な笑いは影を潜めていた。

「やはり、森原太兵衛という先生のことが気になるのですねえ」

その様子を見てとった庄太夫が、竜蔵に酒を注《つ》ぎながら言った。

「気にしたところで、どうにもならぬことなのだが……」

竜蔵は苦笑いを浮かべた。

森原太兵衛ほどの者が何も語らずに、道場を去るというのは、それだけで意味があると、赤石郡司兵衛は言った。

そして、剣友の突然の裏切りともとれる行為に対して、恨みがましい言葉はひとつも発せず、淡々として、藤川道場の後見役を続け、己が姿勢を崩さない。

嵐が来ようが、雲に覆れようが、泰然として、微動だにしない富士の山のように、郡司兵衛は真に大きい。

「だが、おれは見事に庄さんに心の動きを読まれちまう、情無いものだな……」

「そうでしょうかねえ。わたしは、前に世話になった人のことを気に病む先生の優しさに、ほっとしますがねえ」

庄太夫は口許《くちもと》に笑みを湛《たた》えて、悩める若き師を見た。乱暴者のくせに、人とは何たるかを、照れずに正面から見つめる、竜蔵の思いつめた顔を見ていると、自然と美しい物を見た喜びから、笑みがこぼれるのである。

「それは庄さんの買い被《かぶ》りだよ。降って湧《わ》いた金で、初松魚を食っている最中にだって頭にちらつくほどの人なら、常日頃からどうして気にかけていなかったんだ。道場を出たことすら知っちゃあいねえなんて、薄情の謗《そし》りは免《まぬが》れねえや……」

せめて鰹を食べている間は、庄太夫とお才に屈託を悟られまいと平静を装っていた竜蔵であるが、庄太夫につつかれて、一気に、森原太兵衛への想いが噴出した。

「森原先生には、随分と世話になったようですねえ」

「ああ、世話になった……」

「森原って先生、あたし、覚えているよ。いい人だったよねえ……」

これまで、黙って男二人の話を聞いていたお才が、明るい声で口を挟んだ。

常磐津の師匠とはいえ、弟子にはそれなりに世の中を渡ってきた男も多い——お才は、こんな時の会話への入り方を心得ている。

女から見れば、他愛《たあい》のない話でも、男というものは命をかけて話していることもある。

おオはそれを知っているのだ。
「竜さんがグレていた頃、誰よりも恐がっていた人だろう……」
父・虎蔵が河豚《ふぐ》の毒にあたって、大坂で客死した直後、長者町の道場を抜け出して
は、盛り場で暴れ回っていた竜蔵を捕えて、
「師の名を汚す奴めが！」
と、殴りとばしていた、森原太兵衛の姿をお才は何度ともなく見ていた。
竜蔵と喧嘩をしていた町の破落戸《ごろつき》達も、段違いに強い、森原太兵衛の竜蔵への折檻《せっかん》
を見て、これは生きている境遇がまるで違うと、それ以来、竜蔵を見るだけで逃げ出
したものだ。
「あたしは、あんなに怒ってくれる人がいる竜さんが羨《うらや》ましかったねえ……」
〝父《てて》なし子〟として生まれて、終《つい》ぞ、自分の父親が誰か告げられぬまま母親と死別し
たお才には、父親に死なれても、それ以上に構ってくれる人がいる竜蔵が羨しかった
のだ。
「馬鹿なことを言うな。おれはあの頃、何度、このまま殺されると思ったことか
……」
「何言ってんだい。父上、竜蔵さんを許してあげて下さい！　なんて、先生の可愛《かわい》い

娘にいつも庇《かば》ってもらって脂下《やに》がっていたくせにさ」

「脂下がってなんかいねえや！　先生の娘って、綾坊のことだろ。あの頃、綾坊はまだ十になるやならずの小童《こわっぱ》だよ」

「てことは、今がちょうど娘の盛りだね。竜さん、お前、先生のことより綾坊のことが気になるんじゃないのかい」

「おきやがれ！　お前はどうしてそう、昔っから、人のことを茶化すかねえ」

竜蔵にいつもの勢いが戻ってきた。

頃や良しと、お才はにっこりと頰笑んで、

「毎日食べていくのがやっとなんだから、少々の不義理は仕方がないさ。橋場辺りで見かけたって人が居るんだろ。ちょっと捜せば見つかるさ。とにかく訪ねてみたらどうだい」

と、母親が子を諭すように言った。

「そうだな……。お才、お前の言う通りだ。おれは先生よりも頼りねえ男なんだ。今までの不義理は許してもらうとするか」

たちまち、竜蔵の表情は爽やかに晴れ渡り明るくなった。

——大した姉さんだ。

おれはどうも引っかかることがあると、考え込んでしまっていけないと、たて続けに三杯の酒を飲み干した竜蔵の様子を見ながら、庄太夫は、お才という女の持つ温かさに舌を巻いた。

峡竜蔵の軍師を気取りながら、竜蔵の心の内に漂う靄《もや》を見事に取り除いたのは、自分ではなくお才である。

それが少し、悔しかった。

「それじゃあ、この松魚はあたしがもらったよ」

初鰹の最後の一切れは、めでたくお才の口の中に収められたのであった。

三

それから数日後のことである。

芝神明の見世物小屋〝濱清〟は、見物客の熱気に包まれ、昼の気温の上昇と共に、暑いことこの上なかった。

それでも、汗を拭《ふ》きながら見物客が詰めかけているのは、この日限りの見世物〝天《てん》狗《ぐ》の居合抜き〟見たさであった。

「そもそもこれは、鞍馬《くらま》の奥僧正《そうじょう》が谷に、年経《へ》て住める大天狗なり……」

と、三味線を弾きつつ謡《うた》い出したのは、裃《かみしも》姿も美しい、お才であった。

そして、見物客の歓声と共に出てきたのは、赤ら顔にいきり立った長い鼻の面をつけ、山伏の姿をした大天狗――出るや否《いな》や、四囲に置かれた藁《わら》の束を、裂帛《れっぱく》の気合もろとも、手にした大刀を抜き放ち、たちまちのうちにすべて真横に切断して見せた。

その恐るべき居合抜きは、しばしの間、竹、紙、瀬戸物に至るまで、あらゆる物を切り尽くし、見物客の熱狂に応えたのであった――。


この大天狗の正体が、お才の助けを借りた、峡竜蔵であることは言うまでもない。

「まったく、旦那も律儀なお人だねえ……」

袖《そで》に引っこみ、天狗面を外した、竜蔵の汗みずくの顔を見て、見世物小屋の主・清兵衛は感じ入ったものだ。

「親方に、ただ働きさせるわけにはいかねえやな」

「森原太兵衛って先生の居所は、確《しか》とわかりやしたよ……」

「さすがは親方だ。こいつはありがてえ……」

片手拝みの竜蔵の顔がたちまち綻《ほころ》んだ。

今日の出演は、森原太兵衛、綾父子の住居を、清兵衛に見つけるよう頼んだ駄賃替りなのであった。

方々の香具師《やし》の中でも一目置かれている清兵衛のことだ、これくらいの人捜しなどわけもない。

清兵衛の調べによると、太兵衛は綾と二人、橋場の渡し場の西南、鏡ヶ池の辺《ほとり》にある小さな百姓家を借りて、ひっそりと暮らしているという。

「ちょいとこの先生には不義理をしていてな、すぐにでも会いたくて、無理を言った。これから行くとしよう」

「綾坊に会うのが楽しみだね……」

茶化すお才を笑顔で睨み、小屋を後にする竜蔵を、

「旦那、駄賃のお釣りを取って頂かねえと……」

清兵衛は呼び止めて、懐紙に包んだ一分判《いちぶばん》を、竜蔵の懐に放り込むように渡した。

「釣りというなら貰っておくが、居合抜きを見世物にするのはこれっきりだぜ……」

竜蔵は再び片手拝みで雑踏へとび出した。

鉄砲洲で船を仕立てて、浅草橋場の渡しへ。

これも清兵衛が顔を利かせてくれた。

対岸の墨堤《ぼくてい》の桜並木は、生憎今は葉桜だが、それでも初夏の青が、絵に描いたよう

に美しい。

渡し場から鏡ヶ池まではほど近い。

小さな池の周辺は、寺院の他、見渡す限り田畑が広がっている。

「歳をとったら、静かな所で、晴耕雨読の日々を送りたいものだ……」

かつて、森原太兵衛が口癖のように言っていた言葉を、畦道《あぜみち》を行く竜蔵は思い出していた。

やがて、竜蔵の目に小さな百姓家が映った。

出入口の向こうに土間。菰敷《こもじ》きの居床《いどこ》、居室を兼ねた納戸の小部屋が二間ほどあるようだ。

開け放たれた戸の向こうを覗くと、うら若き娘が一人、縫い物仕事をしていた。

久し振りに見る、綾の姿であった。

「竜蔵さん……」

表に佇《たたず》む竜蔵を認めた綾は、目を丸くした。

「おう、随分と色っぽくなったじゃねえか」

小柄でふっくらとした顔立ちが〝綾坊〟と呼ぶに相応《ふさわ》しかったのだが、頬の肉がほどよく削《そ》ぎ落とされたことで、少し愁《うれ》えが漂い、綾を魅力的な女に変えていた。

「何を言ってるのよ……」

竜蔵が照れ隠しで言ったのを、いつもの憎まれ口のひとつと解して、綾は少し顔をしかめて見せた。

森原太兵衛は早くに妻と死別し、師の藤川弥司郎右衛門の勧めで、綾を連れて長者町の道場に移り住んだ。

三千人の門弟を数えるまでになった道場である。綾は幼い頃から用向きのことなどこなしてきたのだが、同じように十歳の時から内弟子として道場内で暮らしていた、八つばかり歳上の竜蔵にはよくからかわれたものだ。

とはいえ、昔から面倒見がよく優しかった竜蔵は、そっと、どこからか手に入れてきた菓子をくれたり、折れた竹刀で竹細工の玩具《おもちゃ》を作ってくれたりもした。

竜蔵にとって、盛り場での妹はお才であり、道場での妹は綾であったのだ。

ちょうど一年ほど前に、弥司郎右衛門の死によって、竜蔵が長者町の道場を出る三年くらい前まで、大人へと成長する綾に声をかけにくくなったこともあり、二人の間で子供の時のように軽口をたたき合うようなことはなくなった。

しかし、そこは兄妹のように過した一時を共有する竜蔵と綾である。久し振りに会ったとて、互いにほっとするものを覚えるのである。

「よくここがわかったわね……」

竜蔵を居床に請じ入れると、綾は少女の頃のような、あどけない頬笑みを向けたが、その目は少し潤んでいた。

「森原先生は、出かけておられるのか」

「ええ、でもすぐに戻ってくるから、必ず、会っていって下さいね」

森原太兵衛が藤川道場を去ったことで、道場には居られなくなり、綾も又、この百姓家に越してきたのだが、綾自身、父の真意が今ひとつ理解できず、慣れない暮らしに戸惑っているように思われた。

「面目ない話だが、先生のことは、先達《せんだつ》って赤石先生から聞いて、初めて知った。いったい何があったんだい」

竜蔵がまず切り出してみると、

「それが、わたしにも何が何やら……。父は、気も身体も衰えた。森原太兵衛はもはや不用のものになったと、ただそれを言うばかりで……」

案に違《たが》わず、綾は縋《すが》るような目を竜蔵に向けた。

「そうか。綾坊にも、先生は本心を伝えていないのか……」

溜息《ためいき》をついて、考え込む竜蔵に、

「それが、真、本心じゃ……」

と、聞き覚えのある声が届いた。

いつの間にか、家に戻って来ていた森原太兵衛が出入口に立っていた。手には、傘張りの内職に預かって来た、傘の骨の束があった。

「これはお帰りなされませ……」

竜蔵との会話を聞かれていたらしく、決まりが悪い表情で、綾は父を迎えた。

「竜蔵、よくぞここを探しあてたな……」

太兵衛は多くを語らず、傘の束を土間に置くと居床にあがって、竜蔵と向き合った。

少し窶《やつ》れたように見えるが、品のあるはっきりとした目に、穏やかな笑みが浮かんだ口許。中背に引き締まった体軀《たいく》は、少しも変わっていない。

「奴の剣だけは、どこから出てくるかわからねえ……」

亡父・虎蔵が悔しそうに呟いた、俊敏な身のこなしも、失われているようには見えなかった。

「先生には、一方《ひとかた》ならずお世話になりながら、無沙汰をしたままになっておりましたので、ただもう、なりふり構わずに、お捜し申し上げました……」

竜蔵は、これまでの無沙汰を詫《わ》びて、太兵衛が好物にしていた草餅《くさもち》を差し出した。

「これはありがたい……」

太兵衛は竜蔵に優しい目を向けた。

誉める時も、叱《しか》る時も、教える時も、太兵衛はいつも同じ目をしていた。

黒目の中に、温かな陽光が射しているようで、この兄弟子に指南を受けると、何とも心地がよかったものだ。

今もその目は同じである。

竜蔵はとにかくほっと一息ついた。

「無沙汰のことは気にせずともよい。お前は、藤川道場から巣立ち、新たな道場をおこしたのだ。兄弟子の去就など知る由もないし、報さぬ道場の者が気が利かぬ」

自分とて、藤川道場を出てから一月にもなるが、まったく行き来はないと、太兵衛は笑って、

「そうか、赤石殿が竜蔵を訪ねたか……」

と、意味ありげに頷《うなず》いた。

「何も尋ねはせぬが、気遣《きづこ》うてくれているらしい……」

「わたしも、よく考えてみました。赤石先生が何故、俄《にわか》に道場をお訪ね下されたかを
……」

郡司兵衛は、竜蔵ならば、何としてでも森原太兵衛の居所を捜しあて、真っ直ぐに太兵衛と向き合い、真意を確かめに行ってくれるであろうことを期待していたのではないか――。

たとえ、太兵衛が黙して語らずとも、何ぞの折は力になろうという郡司兵衛の意志は通じるはずだ。

「それゆえ、お越しになられたのであろうと……」

「お前も、随分と大人になったな。いや、今では道場を構える身に、お前呼ばわりもいかぬのう」

「いえ、お前、たわけ、馬鹿者、こ奴めが……。今まで通りにお呼び頂かねば調子が出ませぬ」

「竜蔵が今申した通りであろう。おれは、今度のことで、無責任だとか、気儘《きまま》だとか、見損ったとか、道場の者達からは随分と嫌われた。わざわざ、そんなおれを訪ねてやろうなどというおめでたい男は、峡竜蔵ただ一人しかおらぬからな」

「はッ、はッ、これは誉められているのか、馬鹿だと言われているのか、何ともおかしな心地ですな」

「もちろん、誉めているのだよ」

同門に育った二人の剣客は、いかにも愉快に笑い合った。

——何も変わってはいない。森原太兵衛先生は昔のままだ。

竜蔵と太兵衛は、毎日のように竹刀、木太刀を交え、肉体をぶつかり合わせ、共に剣の道を歩んだ、常人にははかり知れぬ世界において繋《つな》がる間である。

二言三言言葉を交し、その目を見ればすべてがわかる。

ましてや、歳も近く長きに渡って苦楽を共にした、赤石郡司兵衛ならば、太兵衛が気力、体力の衰えを理由に道場を去ることが、真意でないことは、一目瞭然《いちもくりようぜん》のことである。

それだけに、〝何も聞いてくれるな〟という意志を見せられれば、黙って頷いてやるしかないし、また、そのままですまされぬ未練もある。

ただ情熱一途に、太兵衛の心の隙間《すきま》をこじあけるやもしれぬ、竜蔵の若さに、郡司兵衛は、去り行く者の落ち着き先を見届けてくれるよう托したのだ。

竜蔵はそう思った。

綾はただ不安な様子で二人のやり取りを見ている。

無理もない。父と娘の情と、男同士の心の結びつきは、別の所にあるからだ。

綾にとっては父の真意などどうでもよい。

ただ、無事に平穏に暮らしてくれたなら、それだけでいいのである。

だが〝真意〟というものが太兵衛の心の中に存在するなら、その〝真意〟が恐ろしくもある。

父親が、生と死の間を行き来する剣客であることを、道場で育った綾は心得ているからである。

太兵衛は綾の心中を知るや知らずや、

「だがな竜蔵。生憎、おれに真意などない。歳をとったら、静かな所で、晴耕雨読の日々を送りたい……。おれはいつもそう言っていたではないか」

「はい」

「その想いが日毎強うなっての。それと共に弥八郎殿の後見を務め、たて続けに主《う》人《し》を失《の》うた藤川道場を盛り立てる気力が薄れてきたというわけだ」

「いや、しかし、森原先生はどれほどもお歳を召したわけではござらぬ」

「もう五十になる。まだまだこれからだともいえよう。だがな。いつ死んだとてよいという覚悟を、持たねばならぬ歳であることは確かではないか」

「それは確かに……」

「歳をとったらああしよう、こうしようと思ううち、何もできずに死んでしまうなら、迷うた時が、身の退《ひ》き時だと思うたのだ」

「森原先生、仰《おつしや》ることはよくわかりますが、一旦、引き受けた後見役を、すぐに投げ出すのは卑怯ではございませぬか」

「卑怯……」

「先生らしくもございらぬ」

「おれらしさとは何だ……」

「誰よりも弟子をかわいがり、誰よりも己を律し、道場のことを思い、師の恩を忘れない……」

「人は変わるものだ。いつもこの皮を脱ぎ捨ててしまいたいと思っているものだ。郡司殿の気持ちも、竜蔵が届けてくれた草餅もありがたい。生涯の思い出とさせてもらうぞ」

「先生……」

「お前はこれからの男だ。去り行く者をいつまでも追うな。おれの最後のお前への忠告だ。帰るがよい」

　静かな声音《こわね》には、有無を言わさぬ力があった。それでいて、森原太兵衛らしい優しい物言いが何とも哀しかった。

四

峡竜蔵は、訪ねて半刻（約一時間）ばかりで、森原太兵衛が暮らす百姓家を辞した。

自分を慕い、やっとのことでこの家を捜し出して訪ねてきてくれた竜蔵を、追い返すかのような己が態度に気が咎《とが》めたか、

「近いうちに、近所のお百姓が、夏の野菜をくれることになっている。草餅の礼に綾に届けさせよう」

太兵衛は別れ際にそう言って、兄のように慕ってきた竜蔵と、これが今生《こんじょう》の別れになるやもしれぬと、胸の内を切なくしていた綾をほっとさせた。

ほっとしたのは竜蔵も同じで、綾との縁の糸が繋がれている限り、森原太兵衛に〝あの日の恩〟を返すこともできよう、来た甲斐《かい》があったと、再び橋場の渡しに向かった。

とはいえ、鉄砲洲から乗ってきた船は、既に帰してしまっていた。

場合によっては、一献《いっこん》傾け、泊まることもあるかと思った己が何とも間抜けであった。

最早《もはや》、夕刻となっていたが、日はいっこうに暮れぬ。

浅草辺りには、かつての剣友が何人かいた。訪ねてみようかと思ったが、どれも気が引ける相手ばかりであった。

三千人を数える藤川道場である。弟子同士の絆《きずな》もそれだけ希薄なものになる感は否《いな》めない。

その上に、昔から竜蔵は人と群れるのが苦手であった。稽古の後、酒を飲みに行くと、あいつの剣はああだこうだと、人の批判、悪口が必ず出る。誘いを断って他所に稽古に出かけようものなら、今度は自分がその標的にされる。少しでも努力を積み、人より強くなろうとすると、こういう輩《やから》は保身のために、邪魔をしたり、足を引っ張ったりしようとする。

それに腹を立て、何人、ぶちのめしたことか。

そして、ぶちのめすと友達ができなくなる。

「足腰の鍛練に、いっそ走って帰るか……」

またしても独り言が口からついた竜蔵であったが、太兵衛の家を出てから、どうも誰かに見られている気がしてならない。

――おれとしたことが。

何者かにつけられているようである。

——まさか、あの深編笠か。

しかし、このところとんとあの侍は、竜蔵の前に現れないし、あれほどの凄じい剣気は覚えられない。

まず様子を見ようと、竜蔵は渡し場の近くの掛茶屋に立ち寄り、床几《しょうぎ》に腰を降ろした。

茶を頼み、煙草盆《タバコぼん》を借りて煙管《キセル》で一服つけると、後から来た、ちょっといなせな職人風の男が、幅広の床几に背中合せに腰掛けて、

「旦那、ちょいと煙草盆をお借りしますよ」

と、声をかけてきた。

聞き覚えのある声だと思いつつ、

「おう、使ってくんな……」

と振り向けば、男は見世物小屋〝濱清〟の安《やす》という若い衆である。この男、本名は安次郎《やすじろう》というらしいが、誰からも安と呼ばれ親しまれている。

「旦那、つけられておりやすね……」

安は何くわぬ顔で、竜蔵にそっと告げた。

「ああそのようだ……」

竜蔵は、安とは初めて会った様子を繕《つくろ》い、小声で応えた。

「向こうの松に隠れてやがる、小せえ丸顔の侍でやすよ」

さり気なく目を遣《や》ると、掛茶屋の裏手に立つ松の大樹の向こうに人影が見え隠れする。

「お前もおれをつけていたのかい」

「清兵衛の親方が、何かの折には旦那の御役に立ってこいと……」

見世物小屋で芸をしてまで、すぐに見つけ出したかった森原太兵衛なる侍の家――何かあるかもしれないと、清兵衛は竜蔵が出かけてすぐに、安を遣わしたそうだ。

日頃は見世物小屋の木戸番などをしているが、安は清兵衛の信頼も厚い、香具師の一家の兄貴格で、少々鉄火《てつか》な用もこなす。

「ありがてえ親方だな……」

「なに、旦那の贔屓《ひいき》なんでござえやすよ。このあっしもね」

「安、もうひとつ頼まれてくれねえかい」

「あの野郎の後をつけりゃあいいんでしょう」

「すまぬな」

竜蔵は片手拝みの後、運ばれてきた茶を飲み干すと、茶代を置いて立ち上がり、大

きく伸びをして、少し松の大樹に近寄りつつ、

「お前はこの辺の者かい」

木蔭の男に聞こえるように、安に言った。

「へい、今戸《いまど》で瓦《かわら》を焼いておりやす」

安はそれに合わせる。

「仕事のある奴はいいなあ。こっちは大変だ。今も知り人を訪ねたら、お前に回す銭はねえとけんもほろろよ」

「そいつはお気の毒で」

「帰って、茶漬けでも食って寝るか……」

溜息をついて歩き出す竜蔵を、木蔭の男は、少しの間見送っていたが、もうつけては来なかった。

やがて、竜蔵の姿が見えなくなると、件《くだん》の小柄で丸顔の侍も、何処《いずこ》へともなく歩き出した。

その様子を見るや、

「茶代は置いとくぜ……」

と、安が床几から立ち上がった。

翌朝。

竜蔵は早々に道場を出て、芝神明の濱清に向かった。

女なら走らないとついていけないほどの速歩に、竹中庄太夫はしっかりとついて歩いている。

昨夜、道場に戻ると、庄太夫が師の帰りを待っていた。というより、森原太兵衛訪問の結果が知りたくてうずうずしていたと言うべきか。

話を聞くに、太兵衛の様子に加え、何者かが竜蔵を窺っていたとのこと。これはますます気になるではないか。

〝軍師〟としてはほってはおけぬと、頼まれもせぬのに、しかつめらしい顔をして、意外な健脚ぶりを発揮しているのである。

いつものように北へ向かい、赤羽橋を渡り、増上寺の境内を抜け、たちまちのうちに見世物小屋に着くと、既に持ち兼ねていたかのように、表で安を従えた、清兵衛の赤ら顔が笑っていた。

清兵衛は、早速、竜蔵と庄太夫を、参道の〝あまのや〟という茶屋の離れに案内した。

ここは、神明宮の参詣客《さんけい》相手の休み処《どころ》で、粟餅《あわもち》や団子などの甘い物の他に、山芋を使ったちょっとした料理なども出すのだが、離れの一間は木立に囲まれ、芝神明の賑わいが嘘のように静かであった。

「親方、何から何まで、御厚情、真に忝い」

竜蔵は、威儀を正し、侍言葉でしっかりと礼を述べた。横で庄太夫もこれに従う。

「堅苦しい挨拶《あいさつ》はよしておくんなさいまし。まあ、あっしは旦那のこういう、〝減《め》り張り〟がまた好きなんですがねえ……」

却《かえ》ってお節介なことをしたと詫びる清兵衛に促されて、安がその後のことを話しだした――。

昨日、竜蔵の様子を窺っていた、小柄で丸顔の侍は、その後、大川端を南へ、山谷《さんや》堀の〝桝《ます》もと〟という料理屋に入っていった。

そこは、清兵衛の香具師仲間である、鳥越の半兵衛《はんべえ》という男がやっている店で、それなりに懐の暖かい者しか入れない所だそうだ。

「〝桝もと〟に入ったのは幸いでござえやした」

清兵衛の供をして何度か店に行ったことのある安は、店の者とは顔馴染みだ。

「ちょいと気になる侍でな……」

と、店に入って女中にあれこれ訊《たず》ねてみると、侍は、このところ何度か、江田《えだ》という剣客風の男と待ち合せて、酒食を共にしているらしい。

話の様子からすると、名は西山拓次郎《にしやまたくじろう》――歳の頃は三十前で、江田にはまったく頭が上がらない様子であるらしい。

「江田……。江田なんという侍だ……」

「さて、そこまではわからねえんですが、昨日も、江田が桜の間に来ていて、西山拓次郎はこれを訪ねてきたってわけで」

安は桜の間に酒を運ぶ女中の後から付いて歩き、女中が酒を届けに、障子を開けた瞬間、そっと中を覗いた。

「江田っていう、男の顔は見えたのかい」

「へい、旦那よりもちいっとばかり体がでかくて、頬に刀疵《かたなきず》がある、三十過ぎのおっかねえ侍でした」

竜蔵は、安の言葉を反芻《はんすう》し、ぐっと思いを巡らした。

「それがどうも、ややこしい話のようで……」

安は言葉に力を込めた。

ちょうど桜の間の隣室が空いているとのことで、安は女中に心付けを渡し、そこへ入って神経を集中させて、聞き耳をたててみた。

江田と西山の会話は、はっきりとは聞こえなかったが、薄い壁のことだ。幾つか言葉が聞きとれた。それを繋いでみると——。

江田はどうやら、森原太兵衛と対決の時を待っているようで、西山は、太兵衛が逃げはしないか、助っ人を募りはせぬかを、見張っているらしい。

「その江田　某《なにがし》が、森原先生と……」

竜蔵は目を見開いた。

「それで、旦那が森原先生を訪ねたので、助っ人が出てきたかと気になって後をつけたが、金を借りに行って追い返されたという、旦那が打った一芝居を、すっかり信じたようで……」

森原太兵衛は逃げ出すような男ではない。最早見張ることもあるまい。ほどなく内《うち》山彦兵衛《やまひこべえ》も到着しよう……。

江田は力強く、そう言ったという。

話を聞くうちに、竜蔵の脳裏にある男の顔が思い浮かんだ。

「江田というのは、まさか……！」

竜蔵は唸《うな》り声をあげた。

「お心当たりがおありで……」

　庄太夫が興奮気味に竜蔵を見た。

「直心影流を極めて、その名を轟《とどろ》かした森原先生に、仕合を挑むような男といえば、江田亮五郎《すけごろう》しかおらぬ……」

　江田亮五郎――上州の逃散《ちようさん》百姓の子であったのを、馬庭念流《まにわねんりゆう》の名剣士・樋口《ひぐち》十郎兵衛定嵩《さだたか》に拾われ、京橋太田屋敷の江戸道場で剣術を学んだ。

　逆境で育った身には、稽古の辛さも苦にならず、やがて亮五郎はめきめきと頭角を現すようになった。

　しかし、〝守り〟を重んずる流派に飽き足らず、次第にその剣術は、甚《はなは》だ荒々しいものになった。やがて道場に無断で木太刀での他流試合を、諸方で無理矢理に申し込み、数人の死傷者が出るに及び、定嵩を激怒させ、五年前に破門の上追放された。

　その後は、関東一円を転々として、博徒の用心棒などをしていると聞いていたのであるが、三年前に樋口定嵩も亡くなり、よからぬ企《たくら》みに乗って戻ってきたのかもしれぬ。

　竜蔵は何度か、江田亮五郎が立ち合う姿を見ているが、

「まさに、狂犬のようだった……」

常軌を逸した気迫の凄じさと、力強い打ちに舌を巻いたものであった。

今、齢三十半ばにさしかかった頃であろう。剣客として脂が乗ってきた年齢である。

「安、その侍がどこに逗留《とうりゅう》しているか、わかるか」

「へい、山谷町の〝まさご〟という旅籠《はたご》でごぜえやす」

竜蔵の問いに、安は勇んで応えた。

「安、お前は大したもんだなあ……。いや、助かったぜ。親方、こいつはまた、天狗の居合抜きをやらざあなるめえな……」

「とんでもねえ、旦那が是非にと言うから、一度はお願《ねげ》えしたが、天下の峡竜蔵先生に、あんなことは二度とさせられませんや」

「だが、親方……」

「これも、お釣り……、お釣りの内でごぜえやすよ」

得意満面の笑みを浮かべる安の隣で、清兵衛は、照れくさそうに何度も頷いた。

「こいつはひとまず借りとくぜ！」

竜蔵は、また片手拝みで立ちあがり、茶屋をとび出した。

「先生！」

庄太夫が後に続いた。

「〝まさご〟にお行きになるので……」

「ああ、その江田って侍の面体を改めにな。だが、庄さん、無理するなよ」

「見縊《みくび》ってもらっては困りますな。某《それがし》、剣客としてはまるで頼りのうございますが、健脚としては先生にも負けませんぞ」

駆けながらも庄太夫の口調は滑らかだ。

「大した自信だな……」

「弱い者は、逃げ足を鍛える。これも兵法でござります」

「なるほど。それはもっともだ……」

「ですが先生……」

「何だい……」

「鉄砲洲からは船に乗りましょう……」

五

やっと暮れ始めた陽《ひ》の光が、池の水面《みなも》をきらきらと赤く染めていた。

淡い紫色の花をつけた藤の下で、山鳥が〝ドドドド〟と羽を鳴らした。

「これは珍しい……」

内職で張り終えた傘を届けての帰り道、森原太兵衛の顔が綻《ほころ》んだ。

山鳥が人里に姿を見せることは滅多にないのだと、近所の百姓が教えてくれた。羽を鳴らすのは、雌を呼ぶためのものだそうで、一夫一妻といわれる山鳥のこと、恋女房を捜してここまで来たのであろうか……。

——姿を求めたとて、答えてくれる妻もないこの身に比べて、何とも幸せな奴だ。

太兵衛の脳裏に、生まれたばかりの綾を、愛《いと》しくて堪《た》まらぬとばかりに抱き締める亡妻奈江《なえ》の面影が浮かんだ。

奈江は、沼田の領主・土岐《とき》家家中の娘で、幼い時に父が死に、同じ土岐家の禄を食《は》む、藤川弥司郎右衛門の道場に引き取られたのが縁で夫婦となった。

祖父の代からの浪人暮らしの末、只一人《ただ》となった太兵衛は、奈江とは肉親の情に恵まれない者同士、心が通じ合い、二人が綾を生《な》した時の喜びは格別のものであった。

だが、早世の血脈には逆えぬものなのか、娘の成長を見守ることもできず、自分もまた若くして病に倒れ世を去った奈江の無念は、いかばかりのことであったろう。

——そんな、奈江のことを、おれは今まで、どれだけ思い出してやったのか。

ふっと見ると、山鳥は羽音をたてて大空へ飛び立った。

「礼を言うぞ……」

ぽつりと呟く太兵衛であったが、次の瞬間、何かに怯《おび》えるように、傍らの草むらにとび込んだ。

突如現れた敵から逃れたのではない。

敵は太兵衛の体内にいた――。

「うむ……」

激しい咳《せき》の発作が襲い、何とかこれを他人に見られまいと草むらに身を伏せたのである。

時折、様子を窺いにくる、小柄で丸顔の侍の存在はとうに気付いていた。

物腰、面構《つらがま》えを見るに取るに足りない相手である、歯牙《しが》にもかけなかったが、このような姿を見られたくはない。

時折襲う発作に、咳を押し殺して耐え、綾にさえ体の変調を気取《けど》られてはおらぬ太兵衛であった。

しかし、太兵衛のその姿を、一人の百姓男が見ていた。

口を押さえ、咄嗟《とっさ》に辺を見廻した時、誰の姿も見えなかったと思ったのだが不覚であった。

手拭《てぬぐい》で頬被《ほおかむ》りをした、野良着姿の百姓男は、発作が治まり、何事もなかったように

やり過ごそうとする太兵衛の傍に寄るや、

「心配いりませぬぞ。見張りの侍はおりませぬ……」

と、意外な声をかけた。

「おぬしは……」

頬被りの下から覗く顔を見て、太兵衛は驚いた。

「今日は、何が何でも、某に余さずお話し頂きまするぞ……」

百姓男は峡竜蔵であった。

「竜蔵……。おれを追うなと言ったはずだ」

「追いませぬ。しかし、江田亮五郎との経緯と、そのお体のことを伺うまでは、一歩も引きませせぬぞ」

「どこまで余計なことを……」

江田亮五郎の名を竜蔵が口にしたことで、太兵衛は嘆息した。

清兵衛と安に会い、太兵衛を見張っていた西山なる侍と、その西山が会いに行った江田なる侍が、山谷町の〝まさご〟という旅籠に居ると聞くや、すぐに江田の面体を確かめんと、竜蔵は庄太夫を従え、急行した。

庄太夫が、それとなく旅籠の女中に尋ねると、二人共、まだ今日は外に出ていないという。

竜蔵は、〝まさご〟の向かいにある蕎麦屋《そば》に庄太夫と入り、蕎麦切りを肴《さかな》に、酒を舐《な》めるように飲みながら、やがて中食に出てくるであろう、江田と西山を待った。

「そして、江田亮五郎の姿をこの目で見たのでございます」

竜蔵は、太兵衛を池の端に誘い、今日もまた持参した草餅を並んで食べながら、太兵衛の家を出てからのことを話した。

一見すると、浪人と百姓男があれこれ四方山《よもやま》話をしているいかにも平穏な風景に思われたであろう。

しかし、二人が話すことは、いかにもきな臭いものであった。

竜蔵が久し振りに見た江田亮五郎は、以前のようなギラギラとしていて、今にも噛みついてきそうな荒々しさは薄れていたが、その替り、青白い幽鬼の如き顔付きが、何とも薄気味悪さを醸《かも》していた。

木太刀での立ち合いを方々でふっかけ、何人もの剣士の腕や足をへし折り、または、頭を割り、首を打ち据え、二度と剣術が出来ぬ体にしたり、命を奪ったりしてきた亮五郎は、この五年間、木太刀に、腰の刀にどれほどの血を吸わせてきたことやしれぬ。

「その江田亮五郎が江戸に戻ってきているというだけでも忌々《いまいま》しいことなのに、何故に先生と……」

「お前の胸の内にだけ収められるか」

「そのつもりで来ております」

「他言すれば許さぬぞ」

「先生に殴られる痛みは、誰よりも知っております」

ふっと笑う竜蔵につられて、太兵衛の表情に明るさが戻った。

「江田亮五郎は、おれに木太刀での立ち合いを求めてきた」

「何故《なにゆえ》、江田が先生に……」

「おれを恨む者に、頼まれたのであろう……」


森原太兵衛は、今年の初めに、年少の藤川弥八郎の代理として、藤川家の主家・土岐家の居城である沼田城で催される演武に臨むため、上州への旅に出た。

無事、直心影流の型を披露した太兵衛は、諸方へ挨拶を済ませ帰路についたのであるが、本庄の宿に泊まった翌日のこと――。

宿場を出て少し歩いたところで、傍の雑木林の向こうから、何やら人の争うような物音が聞こえてきた。

不審を覚えた太兵衛は雑木林に踏み入った。

すると、小川の辺《ほとり》の繁みに、剣客風の男が百姓娘を手籠《てご》めにせんと、押し倒している様子が見えた。

齢《とし》は三十半ばの偉丈夫。身に纏《まと》っている袖無しも、なかなか仕立ての良い物で、それなりの身分の者に見える。

「おい、みっともないことをするな……」

太兵衛が声をかけるや、木蔭から若い侍が、いきなり木太刀で打ちかかってきた。

若侍は、剣客風の門人か乾分《こぶん》というところで見張りを命ぜられたのであろう。

そこは、森原太兵衛のことである。木太刀を難なくかわすと、二の太刀を繰り出そうと、若侍が木太刀を振り上げたところを逃がさず、拳《こぶし》を脾腹《ひばら》に突き入れた。

呆気《あっけ》なく手下が崩れ落ちたのを見て、剣客風は慌てて、横に置いた大刀を引っ摑《つか》んで立ち上がり、太兵衛に対した。

「な、何だお前は……」

剣客風は荒い息をついた。昨夜、したたか飲んだ酒が朝になっても体を酔わせ、小川で顔を洗おうと雑木林に入ったところ、通りかかった百姓娘に欲情を催したのであろう。

百姓娘は着物の襟《えり》を慌《あわただ》しくかき合せると、一散にその場から逃げ出した。

「御身分に障りますぞ。以後はお慎みなされよ」

娘の無事を確かめ、太兵衛はそのまま立ち去ろうとした。

「待て！」

しかし、剣客風は、手下を打ち倒され、女には逃げられ、説教までされたことを恥辱に思ったか、

「おのれ、出過ぎたことをしよって、気に入らぬ奴め……」

と、太兵衛に絡み出した。

「貴殿は酔うている。この上は恥の上塗り。お控えなされよ」

「黙れ！　おのれ、この内山彦兵衛を侮るか！」

あろうことか、酔った勢いで名乗りまであげてしまったのである。

それでも太兵衛は無視して、雑木林の外へと歩き出した。

酔いも醒《さ》めれば、下らぬことをしたと悔やみ、少しは反省すると思ったのであるが、内山も名乗った手前、引っ込みがつかぬ。

大刀を手に、太兵衛の背後から、

「待てと申すに！」

と、抜き打ちをかけたのである。

「何をする！　この狼藉者《ろうぜきもの》めが！」

これには、ついに太兵衛も怒った。

内山の一刀をかわすと、たたらを踏む内山の背中を蹴りとばした。

体勢を崩した内山は、そのまま椚《くぬぎ》の幹にぶつかり、頭を打ちさらに逆上して、

「おのれ、叩っ斬ってやる……」

と、立ち上がるや遮二無二刀を振り回してきた。

田舎剣法ではあるが、それなりに内山彦兵衛は、剣の修練を積んできたと見える。

大きな体から繰り出す技には、なかなか迫力があった。

しかし、直心影流藤川道場にこの人有りと謳《うた》われた森原太兵衛にかかっては、酔態で暴れ回る破落戸《ごろつき》剣客など、何ほどのものではない。

旅先のこととて、穏便に済まして立ち去ろうと思ったが、この馬鹿者は、罪咎《つみとが》のない百姓娘を襲い、それを諫《いさ》められるや、その相手に抜き打ちをくらわせた。これはもう、言語道断の行いである。

――思い知らせてやる。

太兵衛はついに己が大刀を抜き放つや、内山の左の股《もも》を目にも止まらぬ速さで斬っ

てすてた。内山はたちまちその場に崩れて、

「ひ、ひ……人殺しだ……」

みるみるうちに血に染まる、己が左股を見て、情無くも泣き声をあげた。

「斬りかかってきたお前が、人殺しとは笑止な……」

傷は浅い、それくらいで死にはせぬと、太兵衛は馬鹿に言い置いて、林を抜け中山道《なかせんどう》へ出て江戸への道を急いだのである。

それからの道中は何事もなく、無事に道場へ戻った太兵衛であったが、しばらくして、江戸見坂の道場に出稽古に赴いた帰りに、一人の剣客に呼び止められた。

「そ奴が、江田亮五郎であったわけですね」

太兵衛の話を聞くうちに、少しずつ事情が呑《の》みこめてきた竜蔵であった。

「江田は、伊勢崎に道場を構える、上源一刀流・内山彦兵衛の師範代だと名乗りよった」

太兵衛は吐き捨てるように言った。

「では、その酔っ払いの馬鹿野郎というのは……」

「上源一刀流なる剣術の師範だそうだ」

内山彦兵衛は、上州伊勢崎の、養蚕で富を築いた豪農の次男で、剣術好きが高じ、

伊勢崎に実家の後押しで道場を構え、上源一刀流なる剣法を創始し看板を掲げた。

剣術の腕は大したものではないが、黙って木太刀を構えていると、体格の良さもあり、一端《いっぱし》の剣客に見える。

道場の設備や、防具刀剣に実家は金を惜しまなかったから、伊勢崎ではそれなりに入門者を集める道場となった。

とはいえ、見かけはよくとも、その腕前は藤川道場に比すれば、せいぜい初歩的段階の〝切紙〟程度で、旅の剣客に一手指南など求められれば、たちまち化けの皮がはがれてしまう。

そこで、江戸剣界に居所を失《な》くし、上州の博徒の用心棒などをして、無為な日々を送っていた江田亮五郎を、月十両の好遇で師範代に迎え、上源一刀流の強さを誇示したのである。

今では、内山彦兵衛が捏《でっ》ち上げた上源一刀流は、江田亮五郎によって大成され、内山を伊勢崎の大名・酒井家の剣術指南役に推す声さえもあがっていた。これは多分に、二万石の小大名にとって、内山家の財力はなくてはならないこと故の方便なのであろうが、たとえ二万石でも大名家の剣術指南役になることは、内山彦兵衛にとっては身震いするほどの栄誉である。

実家の後押しもあり、内山彦兵衛の伊勢崎陣屋での演武上覧が決まった。しかし、その日を五日後に控えた折、本庄の宿に女郎買いに出かけた内山は、泥酔した上太兵衛に左股を斬られ、演武辞退を余儀なくされたのであった。

内山の落胆は、あの旅の剣客に怒りとなって向けられた。恐らく前日は本庄の何《いず》れかの旅籠に泊っていたはずだと、調べたところ、一軒の宿帳に〝森原太兵衛〟の名を見つけた。

内山から人相風体を聞いた江田亮五郎は、まさしく、これは、藤川道場の師範代と断定した。

「この辺りの事情は後から調べてわかったことだが、内山彦兵衛は、大金を積んで、江田亮五郎に憎いおれを殺してくれるよう、頼んだのであろう」

百姓娘を手籠めにしようとしているところを見られた上、不覚にも名乗りあげ、不様に左股を斬られた……。内山にとって、森原太兵衛は、すぐにでも消えてもらいたい存在なのであろう。

「内山先生に落度がなかったとは言えぬ。だが酒に酔った者に、手傷を負わせるのは如何《いかが》なものか。上源一刀流にも意地がござる。かくなる上は、師に代わって、某がお相手致すゆえ、木太刀で仕合をお受け願いたい……」

江田は太兵衛にそう申し出て、これを断れば、藤川道場に押しかけ、代わりの相手を募ると言い立てた。

「奴の剣は邪剣だ。江戸で名高き我らが藤川道場は、あのような卑しき輩と関わりを持ってはならぬ」

「それで先生は、長者町の道場を出て、直心影流と縁を切ったのですね」

「木太刀での仕合を禁じたおれが、これを受けるわけにはいくまい」

去年の初頭、藤川弥司郎右衛門が、上州草津へ静養に赴いた折、太兵衛は竜蔵ら主だった弟子と共にこれにつき従ったのだが、留守中、藤川道場に稽古に来ていた、気楽流・岸裏伝兵衛の門人・松田新兵衛なる剣士に、亀山左兵衛という藤川門下の剣士が、木太刀での立ち合いを強いて、亀山が命を落とすという事件が起こった。

それ以来、太兵衛は厳しく他流との木太刀での立ち合いを禁じてきた。

「しかし、おれが断れば、藤川道場は腰抜けだ。誰か相手になるものはおらぬかと、江田は乗りこんでくる。そうなれば必ず死人が出る」

生死の間を歩み続けるのが剣客の道かもしれない。だが、何千人もの門人を抱える道場となった藤川道場には、秩序が保たれねばならない。稽古中の事故とはいえ、人が死ねば、怨《うら》みつらみがまた新たな火種を生むことになろう。

「某、これより藤川道場と縁を切り、一人の剣客として、その仕合、お受けしよう」

太兵衛は、そうすることで江田の申し入れを受けたのだ。

「先生には何の落ち度もござりませぬ。道場を出るにあたって、何故、真実をお語りになりませぬ」

「真実を申せば、お前のような者がほれ、こうしていきり立つ。竜蔵、くれぐれも、このことに構うなよ。この仕合は、江田とおれとの二人だけのことだ」

「いや、江田は先生が一人をよいことに、騙《だま》し討ちにするつもりやもしれませぬぞ」

「いや、江田は約束通りに、試合に臨もう」

「そうでしょうか。奴は師範代とは名ばかり。いかさま道場の用心棒ではござりませぬか」

「初めはそうであったろう。だが、道場で久しく握っておらなんだ木太刀や竹刀に触れるうち、剣客として己の腕を試してみたい……。その想いが強くなったのであろうよ。奴はそういう目をしていた」

「先生……」

竜蔵の目に涙が浮かんだ。

「この竜蔵はそれでも、恩知らずなどと、道場の者達が先生の真意を知らずに誇ることが辛抱できませぬ……」

「お前は相変わらず泣き虫じゃのう……。どうせ長くは生きられぬ身。おれは満足しているのだ」

「先生、やはり胸を……」

「ああ、少し前から患《わずら》っているようだ」

「医者はなんと……」

「長くは生きられまいと」

「藪《やぶ》医者の言うことなどあてになりませぬ」

「今度の仕合は余命いくばくもない我が身に、天が与えてくれた最後の楽しみだと思っている。おれは負けぬよ」

「言うまでもござらぬ。先生は負けませぬ」

「竜蔵、綾のことを、頼んだぞ……」

「はい……、命に替えましても」

「うむ、その礼に伝えておこう。仕合は三日後の七ツ（午後四時）、山王社脇の塩入《しおいり》土手下にて」

「承《うけたまわ》りました。必ずそっと、拝見仕《つかまつ》ります……」

男同士の約束だと、何もかも互いの胸に収め、やがて二人は別れた。

「竜蔵、剣客などというものは、どうせろくな死に方はできぬ。だがな、そんな気障《きざ》な台詞《せりふ》を口にできる男の生き方も、悪いもんじゃあねえよ……」

遠く沈み行く陽を見つめると、いつの頃だったか、父・虎蔵がこんなことを言ったような気がした。

「うん、悪いもんじゃねえ……」

竜蔵が振り向くと、もうそこに森原太兵衛の姿はなかった。

六

それから二日の後。

浅草山谷町の旅籠屋〝まさご〟に、屈強の剣客が五人、投宿した。

五人は旅装を解くや、既に逗留していた、江田亮五郎と西山拓次郎を部屋に呼んだ。

「四人も供を連れて来て、何となさる……」

江田は五人の主領格の男に、冷めた目を向けた。

「いや、念には念をと……」

江田の言葉に気圧《けお》されているこの首領格は、内山彦兵衛である。

酒井家剣術指南役の話は、きれいに流れてしまった。噂《うわさ》というものはどこから広がるのであろうか、内山彦兵衛は、酔って刃傷沙汰《にんじょうざた》に及び手傷を負い、演武が出来ぬ体になったのだと、酒井家家中の耳に届いたのだ。

憎き敵の森原太兵衛が、江田亮五郎によって叩き伏せられる姿をこの目で確かめんと、左股の刀傷が癒える頃に、仕合をするよう、内山は江田に申し付けたのであるが、

「念には念を……。某が森原太兵衛に遅れをとった時は、果たし合いにかこつけて、その四人で斬りかかるおつもりか」

江田に本音をつかれて、しどろもどろとなって、

「いや、師範代が遅れをとることなど思ってもみぬが、森原めが仲間を募り、騙し討ちをかけぬとも限らぬと……」

などと、己の邪心を糊塗《こと》した。

「森原太兵衛はそのような小物ではない。西山、そうであろうがな」

江田は論ずるも愚かだとばかり、内山が付けた、役にも立たぬ小柄で丸顔の見張り役を見た。

「は、はい。道場から離れ、泰然自若《じじゃく》たる様子で、仕合の日を待っているようにて

「……」

西山が答えた。

「そもそもこの江田亮五郎が遅れをとった相手に、その四人がかかったとて、勝てるはずもない……」

四人の侍は、いずれも内山が選んで連れてきた、腕に覚えのある者ばかり。一瞬、江田の言葉に気色《けしき》ばんだが、江田の炯々《けいけい》たる眼光に射竦《いすく》められ、黙りこくった。

「申しておくが、森原太兵衛との立ち合いを引き受けたのは金に目がくらんでのことではござらぬ。門弟三千人と言われる、藤川道場の師範代がどれほどのものか、この目で確かめたいゆえのこと。道場の見所で澄まし顔に理屈を並べ、真剣勝負を望むこの俺を、汚ない物を見るように江戸の外へ追いやった連中の腕が、いかばかりのものか、思い知らせてやりたい。そう思えばこそ……」

貧困に耐え兼ねて、村を捨て逃散した両親と逸《はぐ》れ、一人で山野をさ迷った子供の頃。江田は何度も死の瀬戸際に立った。生きるために食い物を盗み、それが見つかって、足腰が立たぬほど殴り蹴られたことなど何度もあった。

世の底で生きる者は皆、日々、生きるか死ぬかの戦いに明け暮れているのに、剣に生きる侍共は、それが危険であるからと木太刀での立ち合いを禁じ、生ぬるい竹刀稽古に、ああだこうだと理屈をこね、のうのうと暮らしている。

剣の師・樋口十郎兵衛に拾われて後、江田は、剣客達をこのように見た。こんな奴らを叩き伏せるのはわけもない……。その想いが、江田の剣を強力なものにした。

だが、生きるか死ぬかの勝負を求める江田亮五郎の剣は、唯《ただ》一人尊敬をしていた十郎兵衛には認められず、破門を言い渡された江田は、失意の中、江戸の剣術界から消えた。

幸いにして、身についた武芸は、やくざ者の用心棒などするには充分に役立ち、酒と女と博奕《ばくち》に浸って暮らすのも悪くはなかった。

それが、内山彦兵衛の道場に師範代として迎えられたことで、江田亮五郎の体内に眠っていた、飽くなき剣へのこだわりと挑戦が、沸々と湧き出てきたのである。

——己が強さを確かめたい。

そう思いはじめていた矢先に、内山から、森原太兵衛を殺してくれと、頼みこまれたのだ。

命の恩人である、樋口十郎兵衛は三年前に亡くなっていた。最早、江田を止められる者は誰もいなかった。

——江戸の名だたる剣客を一人残らず叩き潰してやる。森原太兵衛をまずその戦いの血祭としてやるのだ。

江田は心に去来する想いを、口にしかけたが、内山ごときに話したとてわかるまいと、心の内に呑みこんだ。

森原太兵衛が見た通り、江田亮五郎は、金尽くで太兵衛殺しを請け負ったのではなく、剣客同士の仕合に、己が命をかけていた——。


そして仕合当日となった。

八ツ刻となり、江田亮五郎は裁着袴《たつつけばかま》に手甲《てつこう》、脚絆《きやはん》、紺木綿《もめん》の袋に木太刀を包み、ふらりと旅籠を出た。

これを、塗笠を目深に被った、内山彦兵衛、西山拓次郎以下六人がそっと追う。

さらに、内山達の姿を、泊り合せた文人風の中年男がしっかりと目で追っていた。

文人風は竹中庄太夫——内山達の歩く道筋を確かめるや、近くの寺の境内に居る峡竜蔵に駆け寄り、しっかりと頷いたのである。

一方、森原太兵衛は、

「近頃体が鈍《なま》って仕方がない、少し鍛えてくる」

と綾に告げ、まったくいつもと変わらぬ様子で鏡ヶ池辺の百姓家を出た。

野袴をはき、錦の袋に入れた木太刀を手に、総泉寺から山王社に続く塩入土手を行く太兵衛の心の内は、朝から曇り勝ちな空と違って、爽やかに晴れ渡っていた。

――竜蔵のお蔭だ。

木太刀の仕合は、真剣での立ち合いに等しい。まして、相手は江田亮五郎である。そのまま家に帰られぬやもしれぬ。これをどう綾に告げるべきか――そのことがただひとつ、太兵衛の頭を悩ませていたのだが、もしかの折は、どこからか仕合の様子を窺っているであろう竜蔵が、すべてうまく取りはかってくれるに違いない。

後顧の憂えはなくなったのである。

父・太兵衛が道場を出たのには何か理由があると、綾は見ていたが、今日の外出がそのような仕合のためであるとは、夢にも思わず見送った。近頃めっきりと痩《や》せ始めた、太兵衛の体の方が今の綾には気にかかっていたのである。

刻限の七ツとなった――。

山王社脇の土手下は、所々に木立が繁り、その間に広がる野原は、まさしく仕合をするに相応しい。

森原太兵衛、江田亮五郎は、ほぼ時を同じくして、到着した。

二人は目礼を交すと、それぞれ大刀を鞘《さや》ごと腰から外し、身の背後に置き、木太刀を手に対峙《たいじ》した。

「よくぞ仕合を受けて下された。礼を申す」

まず江田が口を開いた。

「何の、お蔭でただ一人の剣客に戻ることができて幸いじゃ」

太兵衛が応えた。

「木太刀での仕合ゆえ、いずれかが一本を決めれば、打たれた方は身動きもままならぬ。それをもって勝敗を決しよう」

「相手を打ち殺した方が勝ちではないのかな」

太兵衛はふっと笑った。

「某は、先生と仕合をしに参った。殺し合いをしに参ったのではござらぬ」

「これは余計なことを申した。何事があっても遺恨を残さずに参ろう」

二人は互いに軽く頭を下げて木太刀を構えた。

土手の上の木立から、そっと様子を窺う竜蔵は、江田亮五郎の仕合に臨む姿勢が、あの頃と違い、剣客らしき凜《りん》としたものになっていることに驚いた。仕合をしに来たのであって、殺し合いに来たのではないという言葉に偽りはないようだ。

「内山彦兵衛達は焦っておりましょうな」

竜蔵の傍で息を潜める庄太夫が呟いた。

文人を装い、〝まさご〟に泊まり合せた庄太夫は、内山達が、江田の心境を計り兼ねている様子を何度となく目にした。

実際、江田が立つ後方の草むらの窪地《くぼち》に身を伏せ、仕合の成り行きを見守る内山の顔には、困惑が浮かんでいた。

――江田め、誰のために戦うつもりだ。やくざの用心棒風情が生意気な……。

そうはいっても、自分が森原太兵衛に太刀打ちできるわけもなく、ただ見守るしかない。

それが、内山をさらに苛々させた。

「いざ！」

太兵衛と江田は、それぞれ木太刀を構え直した。左上段に振りかぶる江田に対して、太兵衛はゆったりとした青眼《せいがん》。その剣先はピタリと江田の左眼に向かっている。

二人はそのまま、四半刻もの間、約二間の間合を保ったまま動かなかった。

野原には陽光も射さず、風も吹かない。

ただ張りつめた気が凛々として、そこに漂っているのみであった。

――これはいったい。

江田は焦った。荒々しく相手の気を呑み、度胸を据えて、飢えた狼《おおかみ》の如く襲いかかる、いつもの一歩が踏み出せないのだ。

気を呑まれているのは江田の方であった。

木太刀での仕合を申しこまれるや、江戸に名高き藤川道場の師範代の地位をあっさりと捨て、一剣客となってこれを受けた森原太兵衛――この一月、その様子を西山拓次郎から報されるにつれ、江田は、世の中でただ一人、自分に愛情を持って接してくれた、樋口十郎兵衛の姿が、太兵衛のそれと重なってきた。

太兵衛の木太刀はゆったりと構えられ、しかも江田に向けられるその目には、微笑さえ浮かんでいる。

――だが惑わされぬぞ。剣は生きるか死ぬか。絶えずその淵《ふち》に立つ、我が剣こそが最強だと思い知れ！

気合を充実させる江田に対して、悠然たる構えを太兵衛は崩さない。その剣先に、ヒラヒラと飛び来る揚羽《あげは》蝶《ちょう》が止まったその時――。

「やあッ！」

裂帛の気合諸共《もろとも》に、江田が勝負に出た。

上段から中段に下ろした木太刀を、そのまま諸手で太兵衛に突き入れたのである。

荒技によって太兵衛の構えを崩し、そこから二段、三段と強烈な打ちを繰り出し、相手を圧倒する、江田の得意の攻めである。

今までこの連続打ちに負けじと打ち返そうとして先を取られ、何人もの剣士が骨を打ち砕かれたのだ。

しかし、太兵衛は木太刀に蝶を乗せたまま、その身をすっと後へ引くと、江田の打ちを見切り、次々に繰り出す連続打ちを軽くいなした。

蝶が宙に舞った――。その時、江田の技が尽きた。

「とうッ！」

次の瞬間、左足を引きつつ振るった太兵衛の一刀が、したたかに江田の右の手首を打ちその骨を折った。

「うむ……ッ」

江田は手首を押さえてその場に屈《かが》んだ。

「これまでとしよう。良い仕合であったな」

太兵衛は木太刀を引くと、江田に優しい目を向けた。かつて竜蔵に何度も向けたあの優しい目を……。

「先生、お見事でござる……」

土手上で見守る竜蔵は、ほっと息をつくと感じ入った。打たれて尚、江田が神妙に太兵衛を見つめているからであった。

窪地の内山彦兵衛は、太兵衛の強さを見せつけられ、呆然とするばかりである。

太兵衛は江田をさらに諭した。

「おぬしの師・樋口十郎兵衛先生は、素晴らしいお方であった。もし先生が今のおぬしを見たらこう仰《おつしや》るであろう。人の世の無情を、恨むな、哀しむな、それを力に変えたとて、剣の神髄には近づけぬと……」

江田はそれを聞いて、がっくりと頷いた。

その時であった。突然、太兵衛は激しく咳《せ》きこんで、左手で口を押さえた。たちまち、その手から、血がポタポタと漏れ落ちた。

「先生……」

竜蔵は太兵衛の発作を見てとって、木立を出て駆け出した。

それと同時に――森原太兵衛の命を奪うどころか、見事に返り討ちにされた江田亮五郎の様子に、呆然自失となった、内山彦兵衛が、太兵衛の異変を見てとって、

「それ！　今だ……」

と、四人の屈強の浪人を引き連れて窪地を出て、太兵衛に殺到した。

「おのれ！　何をする！」

これに立ち塞《ふさ》がったのは江田亮五郎であった。左手一本で木太刀を拾うや、たちまち一人の足を払い、もう一人の面を叩き割り、これを打ち倒した。

「おのれ江田亮五郎、裏切るか！」

大喝する内山に、

「おれが引き受けたのは木太刀での仕合一件。互いに命をかけたこの仕合を汚す奴は許さぬ！」

「左手ひとつで何をほざくか！」

まず江田を殺せと手下に命じ、残る三人に西山が加わり、江田を取り囲んだ。

「奴らはおれが引き受けた！」

そこへ竜蔵が駆けつけた。

殺気だった新手の出現に、内山は一瞬怯《ひる》んだが、竜蔵が一人と見るや、

「死ね！」

と、そこは剣客の端くれ、今日は酒にも酔ってはいない。自ら鋭い一刀を竜蔵に叩きつけてきた。

しかし、怒りに狂う竜蔵の剣の動きは凄じかった。愛刀・藤原長綱二尺三寸五分を

峰に返すや、内山の一刀を逆に叩き落とし、脇腹に強烈な一撃を見舞い、右に左に体《たい》をかわし、たちまち後の四人を叩き伏せ、骨をへし折り地に這《は》わせた。

「おぬしは……」

竜蔵の見事な手練《しゅれん》に目を見張った江田が、感嘆の声をあげた。

「直心影流・峡竜蔵……」

名乗りつつ、竜蔵は太兵衛に駆け寄った。

太兵衛を蝕《むしば》む病魔は、仕合に気力体力を注ぎこみ、すっかりと消耗したこの剣客の体に、容赦なく襲いかかったと見える。

「先生……。しっかりなされませ。すべて終わりましたぞ」

「竜蔵か……。お前も腕をあげたな……」

「何の、まだまだ先生には敵《かな》いませぬ」

ぐったりとした太兵衛の口の周りについた血潮を竜蔵は手拭で拭《ふ》き取りつつ笑った。

「江田殿、おぬしの腕を折ったのは、再び右手が使えるようになるまで、もう一度、己が剣を見つめ直してもらいたいゆえのこと。おぬしはいかさま道場の師範代には惜しい男だ……」

「お言葉、しかとこの胸に……」

「この身は見ての通りの有様。最期によい仕合ができた。礼を申しますぞ……」

江田はただただ平伏した。乾ききったその目に光る物を見届けて、太兵衛は安心したかのように目を閉じた。

七

竹中庄太夫が、近くの山王社に駆け込み、森原太兵衛は社殿の一間に担ぎ込まれた。竜蔵と江田に身動きができないほどに打ち込まれた内山彦兵衛達は、山王社からの通報で、役人に引っ立てられた。

名だたる藤川道場には、北町、南町両奉行所に勤める町役人もその門弟に居る。尋常に立ち合った江田亮五郎はお構い無し、内山彦兵衛以下六名は、大番屋に留めおかれた後、伊勢崎酒井家に引き渡された。

実家の内山家が、酒井家にうまく鼻薬《はなぐすり》をきかし、引き取るのであろうが、内山彦兵衛の剣客としての先行きは断たれた。

太兵衛は、一日眠り続けたが、意識を取り戻し、養生をした後、太兵衛の希望で竜蔵が引く大八車に乗せられ、件の百姓家に戻った。

それからは、竜蔵から全《すべ》ての経緯を聞かされた赤石郡司兵衛を始め、藤川道場の門弟達が、見舞に訪れ太兵衛に誤解を詫びた。

竜蔵はこの間、綾と共に、太兵衛の傍近くに居て看病をした。医者には、もういつ死んだとておかしくないと宣告されていたのだ。

それでも太兵衛は穏やかであった。

「竜蔵、お前という奴は、約束を破りよって。道場の者達が、次々と詫びに来て困る」

「事は、万事うまい具合に済みました。最早何も隠すことはござりますまい」

「江田はどうした……」

「痛む右手も何のその、先生に言われた通り、剣術修行をやり直すと旅に出ました。先生にくれぐれもよしなにと……」

「そうか、そのうちお前と仕合をすることもあるやもしれぬな」

「何の負けはしませんよ。ただ……、あの狂犬の如き男が、先生と立ち合うことで随分と変わった……。わたしには真似の出来ないことです……」

「おれが変えたのではないよ。江田が自ら変わったのだ。人は歳を重ねれば、若い頃には思いもしなかったことが心に浮かぶものだ」

「峡竜蔵も変わっていけますかね」

「変わるさ……」

百姓家に移って五日の後——気分がよいのか、太兵衛はよく喋《しゃべ》った。

いよいよ最期の時の到来を悟ったが、望みであった静かな百姓家でその日を迎えられることは満足である。

「ひとつ聞かせてくれ」

「はい」

「おれはお前に、ここまで骨を折ってもらうほどのことをしたか」

「先生から受けた恩は数知れませんが、とりわけ、あの日食わせてもらったそばの味が、今でも忘れられません……」

竜蔵は満面の笑みを猛々《たけだけ》しい面相に湛えると、〝あの日〟のことに思いを馳《は》せた。

父・峡虎蔵と母・志津が夫婦別れをした後、竜蔵はまだ十歳の時に、虎蔵の師である藤川弥司郎右衛門の許《もと》に内弟子として入った。

父、母、いずれの許にも居てはならぬと、子供ながらに気を利かせる竜蔵を思いやり、弥司郎右衛門が竜蔵に手を差しのべたのである。既に剣客の道に進むと心に決めていた竜蔵は勇躍、藤川道場に入った。

しかし、道場で、他の内弟子達と共に暮らすことになったものの、幼ない竜蔵には居所がなく、親に離れた寂しさ、物哀しさに、初めの頃は随分と辛い思いをしたものだ。

破天荒な父・虎蔵に、稽古中、酷い目に遭わされた弟子達は、竜蔵の面倒など見たがらない。とはいえ、苛《いじ》めて虎蔵に言いつけられるのも恐ろしい。

結局、内弟子達は竜蔵を〝触らぬ神〟と、まるで相手にしてくれなかった。

そんな竜蔵を、太兵衛は夜鳴きそばが近くを通る度に、

「竜蔵、ちょっと付き合え」

と、ぶっきらぼうな声音で誘い、そばを食べさせてくれたものだ。奈江と所帯を持ち、綾が生まれたばかりの頃、太兵衛は道場近くの長屋に住居を置いていた。

それが、夜になると愛娘《まなむすめ》を家に残し、道場を覗きに来てくれた太兵衛の優しさは、十歳の竜蔵にとってどれだけありがたかったことか……。

「竜蔵、どうだ道場で暮らすのも悪くはあるまい。何といっても、いつだって御師匠の傍に居られるのだからな……」

そばを啜《すす》りながら、太兵衛は色んなことを教えてくれた。

「慣れぬうちは兄弟子達に臆せず問え。ある者は優しく教えてくれるだろう。またあ

る者は、そんなことも知らぬのかとお前を小馬鹿にするだろう。だが、初めから何もかも知っている者などおらぬのだ。恥じることはない」

それらの言葉のひとつひとつが、今も懐しく胸の内で蘇《よみがえ》る。

「あの時のそばの旨さ温かさ、一生忘れるものではござりませぬ……」

竜蔵は思わず涙声になった。

傍で二人の話を聞いていた綾は、目頭をそっと押えていた。短かい縁であったが、この人の娘に生まれて幸せだった……。綾の涙はそう語っていた。

太兵衛は心地良く頷いて、

「そんなこともあったかな……。きっと、お前の親父殿に頼まれたのであろうよ……」

と、彼もまた眼を涙で光らせた。

話すうちに、この日も暮れて、夜の闇が辺りを包み始めた。

開け放たれた窓の向こうに、家路を急ぐ百姓が灯《とも》す、提灯《ちょうちん》の明かりが浮かんだ。

竜蔵と太兵衛は、そこに、あの日求めた夜鳴きそばの灯を見た。

それから五日の後。

森原太兵衛は眠るように息を引き取った。

その閉じられた目は、やはり優しかった。

第三話　雨宿り

一

梅雨がなかなか明けきらぬ。
朝のうちは晴れていたかと思うと、昼からはまた雨雲に覆われる――。
そんなじめじめとして落ち着かぬ、ある日のこと。
峡竜蔵が、お才の家を訪ねたのは四ツ半（午前十一時）頃であっただろうか。
朝から広がっていた青空が、例の如《ごと》く怪しげな雲行きと変じつつあった。
「頼むから、少しの間辛抱してくれよ……」
竜蔵はその道中天を仰《あお》いで顔をしかめた。
お才には、これといって用はないのだ。
ただ、久し振りに訪ねて話をするうちに、何か内職の口が見つからないかという、
淡い期待を含んでのことだ。

相変わらず、三田二丁目の〝峡道場〟への入門者は竹中庄太夫の他に現れない。米
これまでは、何とかうまい具合に方便《たつき》を立ててきた竜蔵であったが、いよいよ、
も味噌も底をつきかけていた。
「未《いま》だ束脩《そくしゅう》を、お納めしておりませぬゆえ……」
などと言って、庄太夫がさり気なく補充をしてもくれようが、いくらはるかに竜蔵
より歳上であったとて、弟子の世話になるのは、男の面目にかかわる。
そんなことを考えると、道場でじっとしてはいられず、自然とその足は、お才が住
む三田同朋町に向かったのだが、家を目前にして、竜蔵は足踏みをした。
「何だ、稽古の最中か……」
お才が弾く三味線の音が弟子が語る常磐津節《ときわず》とともに聞こえてきたのだ。
「それにしても下手だ……」
三味線にのらない調子外れの節まわしが、粋《いき》な調べを、まったく野暮なものにして
しまっている。
――出直すとするか。
お才のことである。何か竜蔵に合いそうな儲《もう》け口があれば、とっくに持ってきてく
れているであろう。それを世間話にかこつけて探るのは、何やら、物欲しそうではな

いか――。

それはそれで、お才の〝兄貴分〟としての面目にかかわる。そう思い直した時、三味線の音が止《や》んだ。

〝下手くそ〟が帰るようである。

何とはなしに、お才の男の弟子と顔を合わすのがためらわれて、竜蔵は咄嗟《とつさ》に路地の蔭に隠れた。

やがて、お才の家から、一人の侍が出て来た。歳恰好《としかつこう》は竜蔵と同じくらいであろうか、身形《みなり》はこざっぱりとしていて、やや細面《ほそおもて》の顔には武骨と涼やかさが渾然《こんぜん》となって、何とも好感が持てる。

――奴が下手くその正体か。

竜蔵には、先ほど聞こえてきた、あの調子外れの常磐津節さえ、頬笑《ほほえ》ましく思われた。

「なかなか節まわしに情が出てきましたよ」

その弟子を見送るお才の姿が見えた。

鳴海《なるみ》絞《しぼ》りの単衣《ひとえ》が小粋で、よく似合っている。

――いい加減なこと言ってやがるぜ。

ぷっと吹き出しそうになりつつ、いや、しかし弟子を取るには大事なことだと、竜蔵はお才の誉《ほ》めっぷりに感じ入った。

「いや、某《それがし》にはどうも音曲《おんぎょく》は難しい……」

「何事もお稽古《けいこ》でございますよ」

「師匠の言う通りじゃな。またそのうちに御指南下され。御免……」

と、真面目《まじめ》くさって歩き出した〝下手くそ〟を、おかしな奴だと密《ひそ》かに見守っていた竜蔵であったが、

——待てよ、あの声をどこかで聞いたような気がする。

思わず路地から出て目を見開いた。

——深編笠だ。あの野郎の声だ。

長年の想《おも》い人を見つけたかのように、たちまち竜蔵の顔が上気した。

——そうか、そうだったのか。

今年の初めに、外出をした時に何度ともなく出会った深編笠の侍——恐るべき剣気を発するだけに、自分をつけ狙《ねら》う何者かと気になっていたが、

「偶然、何度かすれ違った、ただそれだけのこと……」

と、言い放ち、わざわざそれを証明すべく、あの〝夫婦敵討《めおとかたきう》ち〟の一件で、不良浪

人に襲われた竜蔵の助太刀《すけだち》に突如として現れた。

それ以来、今度はいつどこで会えるかと楽しみにしていたのだが、まさか、あ奴がお才の常磐津の弟子であったとは……。

——今思えば、深編笠が現れたのは、決まって、お才と一緒に居る時だった。

どうしてそれに気が回らなかったのであろうか。つまり、深編笠はお才を見初《みそ》めて弟子となり、やたらと親しい間柄の竜蔵が気になって、お才との様子を窺《うかが》っていたということなのであろう。

あれほどの腕を持つ侍が、調子外れの常磐津節を唸《うな》り、〝またそのうちに御指南下され〟と、気の利いた言葉のひとつ言えないで帰っていくとは、真に頬笑ましいではないか。竜蔵はますます深編笠が好きになった。

「竜さんじゃないか……」

路地を出てニヤリと笑う竜蔵の姿に気がついて、お才は何事かと声をかけた。

「おう、ちょっと前を通りかかってな。今出て行ったのは弟子だろう」

竜蔵は、内職のことなど、どこかへ吹きとんでしまって、興味津々に尋ねた。

「ああ、あのお人かい」

お才の少し腫《は》れぼったい目の尻に、たちまち皺《しわ》が寄った。

「眞木《まき》さんと言ってね。これがどうにもおもしろい人なんだよ」

「眞木……。浪人かい？」

「それがよくわからないんだよ。二月《ふたつき》ほど前にふらりと来て、某に、常磐津を一手指南して下され……。なんてさ、堅苦しいったらありゃしないよ」

眞木は自分のことを一切語らず、束脩を置くと、それから忘れた頃にやってきては、懸命に稽古しているのだという。

「てことは、お才目当てに足繁《あししげ》く通っているわけでもねえのかい」

「まったくそんな素振りはないねえ。やたらと言い寄られるのも面倒だけど、あっさりしすぎて何だか拍子抜けだよ」

「そいつは残念だったたな……」

竜蔵はひやかすように言ったが、それくらいの関わりなら、深編笠を被《かぶ》っておれを付け回すほどのものではないだろうに——人違いであったかと首を傾《かし》げた。

「本当は、あたしに何か相談があったんじゃないのかい」

お才は、坊や、困ったことがあったら言って御覧という風な、母性に充《み》ちた目をそんな竜蔵に向けた。

お才には、竜蔵がここへ来た理由などお見通しであった。

〝兄貴分の面目〟などと気取ってみても、

「おう、何か儲け話はねえのかよ」

結局はこんな具合になってしまうのが常の竜蔵なのである。

しかし、すっかりと眞木という侍のことが気になる竜蔵は、そんな話をするのも面倒で、

「いや、本当に通りかかっただけなんだ……」

と、訝《いぶか》しむお才の前から立ち去った。

――やはり眞木って野郎に違いない。

武張《ぶば》ってはいるが、凜《りん》として爽《さわ》やかな物言いは、深編笠のそれであったし、声も体格も物腰も同じだ。

ひとつだけ見当たらなかったのが、深編笠の侍が発した恐しいほどの剣気であった。

――それはおれが奴を怪しんで気を放ったから、奴もそれに応《こた》えたのかもしれぬ。

いずれにせよ、面白い奴だ。

お才の弟子というからは、そのうちに袖《そで》を振り合うこともあろう。お才自身、深編笠の侍の存在を知っているはずだが、気付いていないのなら、わざわざ言うこともあるまい。

眞木という男とは気が合いそうだと、このところとんと姿を見なかった深編笠との思わぬ展開に、竜蔵の顔が自然と綻《ほころ》んだ。

「何か良いことでも……」

ふと気がつくと、春日明神社の前まで歩いていた。鳥居の前で、竹中庄太夫が皺くちゃの顔を向けていた。

――おれの話し相手は、お才とこの小父《おじ》さんしかいないのか。

それでも親身になってくれる者が二人、身近に居れば幸せだ。

「庄さんかい。ちょいと懐しい男の声を聞いて、喜んでいたところだよ」

「それは何よりで」

庄太夫は、雨が降らぬうちにと、濡《ぬ》らしてはならない代書の品を届けた帰りであった。

――まあいいか、米も味噌も、三日やそこらはもつだろう。己一人の食い扶持《ぶち》くらいどうにかなるさ。

今までもどうにかなってきた――お才と庄太夫と話すうちに心がほぐれ、竜蔵はちっぽけな面目を気にすることが馬鹿馬鹿しくなってきた。

あれこれ、やらねばならないこともあった。ここはひとつ、三田の産土神《うぶすながみ》である春日明神に参って御利益《ごりやく》を得ようと、竜蔵は庄太夫と連れ立って、鳥居を潜《くぐ》り石段を上った。

ところが、今日の天気は堪《こら》え性がない。

竜蔵と庄太夫の参詣《さんけい》を待たずに、石段を上る途中で、いきなり大粒の雨が降ってきた。

「庄さん、俄《にわ》かに信心などおこさぬ方がよかったかな」

苦笑いの竜蔵に、

「長くお社《やしろ》に居れば、それだけ御利益も賜わりましょう。まずは雨宿りを……」

庄太夫は、この若き剣の師と一緒に居れば、雨宿りもまた楽しいとばかりに、石段を上った所の、すぐ左手に立つ祠《ほこら》の庇《ひさし》の下に、竜蔵を案内した。

「いや、雨の日は何かが起こるような気がして、ようござりますな」

「庄さんは、人生ってやつを楽しむねえ……」

何事にも一家言《いっかげん》を持つ庄太夫を、弟子ながら竜蔵は、見習いたい思いである。

この師弟と同じく、境内で雨に祟《たた》られた通りがかりの者達も同じく、庇の下に雨宿りを求めたのであるが、その一角に若侍達が五人、群れを生《な》して駆けこんできて、たちまち辺りを占拠してしまった。

五人はいずれも二十歳前で、男伊達《だて》を気取っているのか、派手な出立《いでた》ちに、腰の刀は長目で、朱鞘《しゅざや》を差している者も見える。

どうやらその若侍が、五人の首領格のようだ。何《いず》れかの旗本・御家人の子弟であろうが、やたらと馬鹿笑いを発し、だらしなく足を投げ出し、我が物顔に振る舞う様子を見ると、お里が知れようものだ。

朝から晴れていたので、何か悪さでもしようと徒党を組んで町を流していたところ、雨に降られたというところか――。

「浩介《こうすけ》、平七《へいしち》、手前ら梅雨時分に外へ出るのに、傘のひとつ担いで来やがれ！　まったく気の利かねえ馬鹿野郎だぜ」

朱鞘の若侍が口汚なく二人を罵《ののし》った。威勢を見せようとしているのか知らぬが、まだ体が出来あがっていない、青白いのっぺりとした顔付きで言ったとて、まるで様にならず、余計に恥ずかしいことをわかっていない。

――おれにもそういう頃があった。

竜蔵は、その頃は自分も格好をつけたつもりが、さぞや、不様な姿を晒《さら》していたのに違いないと、若侍の姿を見て苦笑いを浮かべた。

「まあまあ和《かず》様、雨に降られるくらい、どうってことはございますまい。この助右衛《すけえ》門《もん》などは女にふられてばかりでございますよ」

「ははッ、助、こいつはいいや」

朱鞘は〝和様〟と呼ばれている。いかにも大人びた追従《ついしょう》をする助右衛門という取巻きの下らぬ洒落《しゃれ》に、また馬鹿笑いを発した。

だが、取るにたらぬガキ共とはいえ、腰にだんびらを携えた侍である。既に祠の四囲は雨宿りの者で詰った今、大きく場所を陣取ったこの連中に対して、

「ちょっと詰めてくれ……」

とも言えず、後から来た町の者達は、僅《わず》かばかりの庇の下に身を寄せ合って、端の者などは屋根から落ちる雨の滴《しずく》に、庇に入りきらぬ体を濡らしている。

――おれはあいつらと違って、馬鹿はしたって、町の衆にはもうちょっと愛敬《あいきょう》をふりまいたものだがなあ。

雨宿りしつつ、自分の昔に思いをはせる竜蔵もまだ若い。周りの気の毒な様子が見えていない。

「これ、そこな若い人」

決然とこの迷惑な連中に立ち向かったのは、庄太夫であった。

「時と場をわきまえられたらいかがかな」

〝和様〟に近寄って、はっきりとした口調で、諭《さと》すように言った。

和様をはじめとする若侍達は、しかし、庄太夫を黙殺した。下らねえ親爺《おやじ》がうっとうしいことを言ってやがる、相手にするなといった様子で馬鹿話を止めようとはしない。

「よく聞け、この馬鹿者共が！」

庄太夫はついに大喝した。蚊蜻蛉《かとんぼ》のような細い体のどこから出るのであろう。よく通る甲高《かんだか》い声であった。

「馬鹿者とはおれ達のことを言っているのかい」

和様は凄《すご》んで居直った。

侍風体であるが、こんな吹けばとぶような中年男に、ぐだぐだと言われる覚えはない。

特に男伊達を気取っている五人のことだ。明らかに勝てる喧嘩《けんか》は、楽しい遊びである。

一斉に庄太夫を睨みつけた。

「おぬし達の他に誰が居る！」

しかし、庄太夫は怯《ひる》まない。

——庄さんも、ほっときゃあいいのに。

雨宿りの連中は、一触即発の様子に、息を呑んだが、竜蔵は、格好をつけた馬鹿達に何の興味もなかった。

「よいか馬鹿者達、大人の話というものは、相手が下手《したて》に出ている時に、素直に聞くものだ。お前達の回りを見てみろ。しっかりと庇の内に入られず、体を濡らしている人がいるだろう。あの人達を少しでも濡れない所に入れてやろうとは思わぬか！」

——ほっとけばいいものではなかった。

確かに庄太夫の言う通りである。雨宿りの連中が、

「よくぞ言ってくれた」

という目をしていることに気付いて、竜蔵は己が至らなさを内心恥じた。

「雨に濡れたくなきゃあ、俺達の方へ寄ってくればいいだろう」

和様は何を言われても、悪いのはおれではないという態度を変えない。まさしくクソガキだ。

「腰に刀を差した侍が五人もたむろするところへ、易々《やすやす》と近寄ることができるか！それを察して、自らが席を詰め、一人でも多くの人が雨に濡れぬよう、気遣ってやるのが、本当の男伊達というものではないのか！」

正に正論である。男伊達を問われ、若侍達は思わず沈黙した。

しかし、口うるさいこの中年親爺をこのままにしておくものかと、舌打ちをして、庄太夫を睨みつけている。

「つまり、お前はおれ達に喧嘩を売っているということか……」

和様が口を開いた。こうなったら理屈も何もなく、無理矢理喧嘩にもっていくつもりのようだ。

「ふん……」

庄太夫はそれを鼻で笑って、

「先生、言ってやりました」

と、竜蔵の傍に戻って畏《かしこ》まった。

「何だそれは……」

結局はおれにふるのかと、竜蔵は呆《あき》れ顔で庄太夫を見たが、庄太夫はというと、我が師の言葉を代弁したかのような、達成感に充ちた様子で澄ましている。

――まあいいや。

竜蔵も、このガキ共にむかつき始めていた。

「お前がこいつの先生かい」

思わぬ蚊蜻蛉親爺の助っ人の登場に、若侍達は一瞬怯んだが、強そうに見えても相手は一人――もう引っ込みもつかなかった。

「お前が喧嘩を売るってえのかい」

和様に続いて、おべっか使いの助右衛門が続いた。

「喧嘩を売る気はないが、是非に買うというなら売ってやってもよいぞ」

竜蔵は腰から大刀を鞘ごと抜いて、庄太夫に預けた。

「新吾《しんご》……」

和様に促されて、新吾という若侍が、竜蔵に倣《なら》って大刀を傍に置いた。この若侍は五人の内では一番物静かで、額に〝面擦《めんず》れ〟が見られる。少しは剣術もこなし、喧嘩に自信もあるのであろう。

――ほう、なかなかいい度胸だ。

ニヤリと笑った竜蔵に、

「ならば喧嘩を買ってやろう！」

言うや、新吾は殴りかかった。

しかし、新吾が拳《こぶし》を突き入れた瞬間――何が起こったか、新吾自身もわからぬうちに、その体はふわりと宙に浮かんだかと思うと、雨が降りしきる庇の外へ投げ捨てられていた。

「うむ……」

と、ずぶ濡れになりながら、泥土の上をのたうつ新吾に慌てて、

「おのれ！」

残る四人は一斉に、竜蔵に打ちかかった。

「いい体馴らしだ！」

竜蔵は、先頭の浩介を突きとばし、後続の平七にぶつけておいて、おべっか遣いの助右衛門の腕をむんずと摑《つか》み、これも外へ投げとばした。

残るは三人――尻もちをついて立ち上がった浩介と平七はたちまち、腹と頬げたにそれぞれ一撃をくらって、これも外の泥水に泳いだ。

「ち、畜生め……」

首領の和様は、格の違いを見せつけられて、自ら庇の下を出て、雨の中へとび出した。

もがきながらそれを追う若侍達に、

「それ、忘れ物だ。おととい来やがれ！」

と、庇の内に残された刀を投げつけ、雨宿りの衆の歓声に応えたのは庄太夫であっ

た。

——この小父さんには敵《かな》わねえや。

濡れねずみになりながら、転がるように石段を下っていく若侍達を見送りつつ、竜蔵は笑いだした。

若侍達とはやがて思わぬ再会をすることになるのだが、この時の竜蔵には知る由《よし》もなかった。

二

降ったり止んだりを繰り返して、雨は翌日の明け方にぴたりと止んだ。

爽やかな青空の広がり具合を見ると、今日はまさか雨に降られることもあるまい。

この日、竜蔵は朝から単身、本所の出村町へ向かった。

出村町は本所のほぼ中央に位置する。南北に流れる横川と、巨刹《きよさつ》・平河山法恩寺との間に挟まれた閑静な一帯である。

ここに、国学者、中原大樹《なかはらたいじゅ》が学問所を構えている。大樹を助け学問所を切り盛りしているのは志津という大樹の娘で、この志津が、他ならぬ竜蔵の母親である。

中原大樹は、直心影流第十代の道統を受け継いだ藤川弥司郎右衛門とは旧知の仲で、かつては互いに行き来があった。

弥司郎右衛門の愛弟子《まなでし》・峡虎蔵と志津は、その中で出会い、聡明で行動力豊かな志津を虎蔵は気に入り、剣に優れ、洒脱で型破りな虎蔵に志津は心惹《ひ》かれた。

たちまちのうちに恋に落ちた二人は、やがて所帯を持ち、夫婦となって竜蔵を生した。

しかし、虎蔵は、ちょっと出かけてくると言い遺《のこ》して一月くらい帰って来なかったり、留守中に、〝末を誓った仲〟だという女が家を訪ねてきたり、町場でやくざ者達を相手に大立ち廻りを演じてみたり――実際、共に暮らすと、とにかく大変な男であった。

そういう型破りなところが好きで一緒になっただけに、今さら真面目になってくれなどとは言えないが、型破りを続けるに女房などいらないではないか――志津はそう思い始めた。

おまけに、一粒種の竜蔵は、膝《ひざ》の上に居る頃は、愛らしく夫婦間の〝かすがい〟にもなったが、大きくなるにつれ、父親の虎蔵に似てきて、志津の父・中原大樹の許《もと》で学問をさせるつもりが、十歳で早くも剣客になると言い出す始末。

ある日ついに、

「型破りな貴方《あなた》の傍に居ればさぞや楽しかろうと思いましたが、そもそも型破りな人は、外目で見ている方が面白いと気付きました……」

一緒に居れば、嫌なことのひとつ言いたくなる。それが虎蔵の個性の芽を摘むことになりかねない。

学者の娘で、普通の女の考え方とは違うものを持っている志津は、虎蔵の贔屓《ひいき》だからこそ、ありのままの虎蔵で居て貰《もら》いたいと思い立ち、虎蔵と夫婦別れすることにしたのである。

以降、妻と死別し、一人で学問所に籠《こも》っていた、父・大樹の許で暮らし始めて、もう二十年近くにもなる。

その間、竜蔵は出村町の学問所に、祖父と母を何度ともなく訪ねていたが、剣の師・藤川弥司郎右衛門の死後、長者町の道場を出て、三田に独立して以来、行けば志津に暮らし向きのことなど、あれこれうるさく問われるので、自然と足は遠のいていた。

それがわざわざ、三田から遠く離れた本所下《くんだ》りまで訪ねるのには、ちょっとしたわけがあった。

暮らしのことも切羽つまっていたが、竜蔵にはまずやらねばならないことがあるのだ。

本所までは船を仕立てたいところであるが、懐が乏しいとなれば、脚力を鍛えるつもりで、歩くしかない。

東海道を北へ、日本橋から八丁堀に抜け、永代橋を渡った後は、深川、本所と歩みを進めた。

さすがに鍛え抜かれた竜蔵の足腰は強靭《きようじん》で、速歩はまるで衰えない。手土産《てみやげ》に持参した一升樽《だる》を片手で上げ下げしながら、腕を鍛えることも忘れない。

この一升樽は、芝神明〝濱清〟の小屋主・清兵衛が、少し前に届けてくれた柳樽で、こういうこともあろうかと、飲まずに置いてあった代物である。とはいえ、どうにも飲みたくて、清兵衛へ酒の味を伝えねばならぬと自分に言い聞かせ、実は八勺《しやく》だけ盗み飲んでいた。

やがて、法恩寺の本堂の大屋根が遠く見えてきた。出村町はもうすぐそこだ。

竜蔵の祖父・中原大樹の学問所は、法恩寺と道を挟んだ所に立っている。

趣のある藁《わら》ぶき屋根の、庵《いおり》のような作りである。

網代戸《あじろど》の木戸門を潜ると、正面に学問所がある。

二十畳くらいの広間は濡れ縁にかけられた、階《きざはし》で庭へと続いていて、開け放たれた戸の向こうに、数人の門人の前で講義をする、中原大樹の姿が見えた。その傍には大樹の助手を務める志津がいる。

大樹は七十を越えた。志津は五十になろうとしている。しかし二人とも竜蔵には、子供の頃からまるで変わっていないように見える。

志津は父親似で、少しえらが張った顔に切れ長の目が、いかにも頭脳明敏たることを表している。

「竜蔵は私に似て生まれてきたのに、貴方の荒々しさに染められてしまいました」

夫婦別れをしてからも時折顔を合わすことがあった虎蔵に、志津はよくこんな言葉を投げかけていたものだ。

気丈夫な母は健在のようだ。

ふっと笑う竜蔵の姿を、志津は目敏《めざと》く見つけて、

「曲者!」

と、短かく叫び、塾生達を驚かせた。

「もうどこかで河豚《ふぐ》にでもあたって、死んでいるのではないかと思っていましたよ」

奥の書院に竜蔵を通すや、志津は憎まれ口を叩いた。

「今時分に河豚でもないでしょう……」

講義を済ませて、大樹もやってきた。竜蔵は、無沙汰《ぶさた》を詫《わ》びると、件《くだん》の柳樽を差し出した。

「これはありがたい。お前はよく気が利く……」

大樹は素直に喜んで、久し振りに会う孫の顔をつくづくと見た。

「八勺ほど飲みましたね」

志津は樽を手にしてニヤリと笑った。

「まさかそのような……」

「お酒はよく頂くので持てばわかります」

「お気のせいでしょう」

「そういうことにしておきましょう。で、今日は何用です」

あれこれきついことを言っても、志津の目の奥は笑っている。息子の訪問を喜ばぬ親はない。

「何用というわけではないのですが、ひとつお勧めしたき儀がございまして」

「勧めたいことがある……」

志津は、珍しい息子の言葉に首を傾げた。

「手短かに申します。母上もそれなりのお歳となられました。先生とのお二人暮らしも何かと不便がおありではと。ついては、こちらの手伝いなどしてくれる者を寄宿させてはいかがでしょうか……」

「それは良い。が、誰か良い人がいるのかな」

大きなお世話だと、歳のことを言われて気色《けしき》ばむ志津を抑えて、大樹は穏やかに言った。

「森原太兵衛先生の娘の綾殿です」

「なる程、これはよい」

大樹は膝を打った。

竜蔵が、食い扶持を探すよりもまずやらなければならなかったのは、生前、藤川道場での兄弟子森原太兵衛に、

「竜蔵、綾のことを、頼んだぞ……」

と、言われた一事を果たすことであった。

江田亮五郎との木太刀での仕合を終えた後、長年酷使した体が病に耐えかね、遂《つい》に吐血した森原太兵衛はこの世を去った。

綾は、藤川道場へ戻って来ぬかという誘いも断り、依然、太兵衛が安住を求めた橋

場の渡し場の西南、鏡ヶ池近くの百姓家に暮らしている。

しかし、物寂しい百姓家での一人暮らしは娘にとってよいものではなかろう。今は太兵衛が遺した貯えもあろうが、縫い物仕事の賃稼ぎでは方便《たつき》もままなるまい。

あれこれ考えた末、竜蔵は、大樹、志津共によく知る綾を、この学問所に預かってもらってはどうかと思ったのだ。

「竜蔵、貴方も少しは考えが回るようになりましたね」

志津にも異論はなかった。

「綾殿のような人が傍に居て、あれこれお手伝い下さればこちらも助かりますし、貴方も森原先生へ面目も立ちましょう」

「忝《かたじけ》のうございます。このことは、わたしの考えではなく、以前より、森原先生がお爺様に、何かの折はここで娘を働かせたいと仰《おお》せであったことにして、何卒《なにとぞ》、お爺様からお誘い頂けますように……」

「わかった。委細承知致したぞ」

「お爺様、忝のうございます……」

竜蔵の心根の優しさに感じ入り、大樹はこれを快諾した。さらに大樹は、平伏する竜蔵に、

「いやよかった。実はこの爺も、お前に頼みたいことがあって、ちょうど話をしたかったところでのう」

「わたしに話とは……」

「小普請御支配《こぶしん》の北村主膳《きたむらしゅぜん》様の御屋敷で近々、剣術の仕合が行われる。これに出て仕合に勝てば、若君の剣術指南役に選ばれるとか」

「剣術の指南役……」

「どうだ出てみぬか。北村様出入りの茶の師匠から、誰かしかるべき者がいたら推挙してくれるようにと頼みこまれてな」

「小普請御支配といえば、旗本の中でも重職。いくらでも人は集まりましょう」

「それが、しかるべき者となれば、どれも、物足らぬ連中ばかりだそうだ。月に数度、御屋敷に出教授すれば謝礼もそれなりに出るぞ」

「はい……」

つまり若君の御守をすることである。竜蔵はどうにも気がのらなかったが、断りでもすれば、お前はものを頼むばかりで、頼まれ事は断るのかと、志津が怒り出すのは目に見えている。そうはいっても、決まった日に出かけて若君の機嫌をとるのはどうも面倒だ——明日の暮らしもままならぬというのに竜蔵はこういうところがまだ青い。

「否《いや》も応もありませんよ」

竜蔵の逡巡《しゅんじゅん》を見てとって志津がピシャリと言った。

「当日、仕合の御審判は、赤石郡司兵衛先生がお勤めになられるとのこと。既に伜《せがれ》を行かせますと申しております」

「赤石先生が……」

茶の師匠に頼まれたとは嘘であろう。喧嘩の仲裁などして暮らしている竜蔵に業《ごう》を煮やし、赤石郡司兵衛が、志津、大樹経由で竜蔵に出場を促したのに違いない――。

「畏まりました……」

竜蔵は、これを受けるしかなかった。

「そうか、出てくれるか。これでこの爺の面目も立った」

大樹はにこやかに、空惚《そらとぼ》けて、

「ほれ、仕度金じゃ」

と、竜蔵に一両手渡した。

この温厚な国学者は、とにかく竜蔵が可愛いくて仕方がないのである。

竜蔵は、一刻（約二時間）ばかり物語などして、学問所を出た。

――まあ、とにかく訪ねてよかった。

祖父と母の顔を少しでも多く見に行くにこしたことはないのだ。

自分のことを忘れず、気にかけてくれている人がいる――改めて想う肉親の情が、帰り道を辿《たど》る足取を軽くしてくれた。

だが、竜蔵は武士の嗜《たしな》みで剣術を学んでいるのではない。剣客として、軍神が住む世界を垣間《かいま》見られるほどの強さと、死への覚悟をつきつめていかねばならぬ身なのである。

肉親の情がともすれば、あらゆる決心を鈍らせることもあると、幼い頃から肌身で感じていた。

広く人に愛された、父・虎蔵の破天荒は、実は独りになるための方便ではなかったかと、今、竜蔵には思えるのであった。

祖父に甘え、母に甘え、今宵は出村町に泊まることもできる。そうすれば、大樹も志津も喜ぶであろう。

――だが、それをせぬのが、弱輩者の心得よ。

二十八歳の竜蔵には、こんな気障《きざ》な感情もまた必要なのである。

竜蔵は速歩を緩めない。懐には大樹がくれた一両があったが、船には乗らず足を鍛えた。

仕合は十日後に迫っていた。出るからには負けるわけにはいかない。今日からもう勝負は始っている。

——そうだ、竹刀《しない》を二、三本仕入れておくか。

道場にある竹刀はどれもささくれていて、仕合に持参するのは気が引けた。

京橋の手前、具足町に〝武具屋〟があった。簗田《やなだ》仁右衛門《にえもん》という具足師が開いている店で、ちょうど帰り道になる。

甲冑《かっちゅう》から馬具の類《たぐい》まで、取り扱っている何かと便利な所であった。

日本橋から東海道筋を進み、京橋の手前、二辻目を左へ入ると具足町に出る。

武具屋はすぐそこだ。行ってみると、店内には二、三人の侍が居て、馬の轡《くつわ》や、籠手《こて》を眺めていた。さらに店の外から、じっと棚に置かれた〝胴〟を見つめている若侍が一人——よく見ると、昨日、雨宿りの折に、初めに竜蔵にかかってきた、〝新吾〟ではないか。

胴は剣術稽古用の防具で、胴台は溜塗《ためぬり》、胸に雲型の飾りが入った、なかなか趣のある逸品である。

よく見ると綿の一重《ひとえ》も、袴《はかま》も、着古した様子である。

貧乏御家人の倅ながら、剣術への意欲を持ち、今の自分には到底買うことのできない防具を見て溜息《ためいき》をつく――。

竜蔵はそんな様子のこの若侍が気に入った。

「いい胴だな……」

「わたしなんぞに手は届きませんが……」

竜蔵に声をかけられて、新吾は素直に言葉を返したものの、声の主の顔を見て凍りついた。

「はッ、はッ、昨日は楽しかったな。今度は面籠手つけて、稽古をするか！」

竜蔵は、新吾の肩をポンと叩いた。

「あ、あ……」

昨日は、どこをどうされたかもわからぬうちに、祠の庇の外に投げとばされた相手である。

爽やかな笑顔を向けられても、若い新吾には、笑って応える度量はなかった。

目を丸くして、口をもごもごさせながら、少し首を竦《すく》めたかと思うと、逃げるように走り去った。その挙措動作には何とも愛敬があった。

あのクソガキ〝和様〟には、何か義理があって引っついているのであろう。

――うん、いい奴だ。

竜蔵は、ほのぼのとした心地となって、武具屋の水引暖簾《みずひきのれん》を潜った。

三

それから三日の間。

さすがの竹中庄太夫も、声をかけられぬほどの鬼気迫る勢いで、竜蔵は道場に籠り、見えない敵を相手に、剣術稽古に打ちこんだ。

「仕合に勝ったところで、旗本の若君の御守役になるだけなんだが……」

中原大樹の学問所より帰って、庄太夫に会うや否《いな》や、照れ笑いを浮かべた竜蔵であったが、

「こ度の仕合は、若君の指南役になるためのものではござりませせぬ。仕合によって先生の名を世間に知らしめることこそが大事かと……」

世間が峡竜蔵をどう思おうがよい。しかし、剣名を上げぬと、剣客としての腕の見せ所が広がらぬ。見せ所が広がらぬと、強い相手と剣を交えることもままならぬ。

そういう意味においても、照れず、面倒がらずに仕合に挑むべきだと、庄太夫は竜蔵のやる気を奮い立たせたのであった。

四日目には、下谷車坂の赤石郡司兵衛の道場に出かけた。

北村主膳邸での仕合に出るにあたっての挨拶《あいさつ》と、稽古をつけてもらうためであった。

「竜蔵、お前が出れば、さぞかし仕合も盛りあがろう」

郡司兵衛は竜蔵の来訪を喜んだ。

竜蔵が仕合に出るよう、出村町に持ちかけたのは、まぎれもなく郡司兵衛であるのだが、そんなことは、曖《おくび》にも出さず、まず竜蔵を奥の書院に通し、

「だが審判の手心は加えぬぞ」

そう言い置いてから、仕合に臨んでの諸注意を与えた。

選ばれた剣士は十人。まず五仕合を施《ほどこ》し、優秀なる者を郡司兵衛が五人選び、その五人の総当たり戦での優勝者を、指南役に選ぶ。仕合は素面《すめん》、籠手、胴、垂《たれ》着用の上、竹刀にて取り行なう。

「勝負は一本だ」

「畏まりました。手心などお加え頂くまでもなく、勝ち通してみせましょう」

竜蔵は胸を叩いてみせた。

郡司兵衛は満足そうに頷《うなず》くと、

「気になることが二つある……」

と、竜蔵を諭すように言った。

「お前の腕ならば必ずや一番をとれるであろうが、その後の剣術指南は、苦労を強《し》いられるやもしれぬ。そうだといって、くれぐれも短気を起こさず、人を悟し剣の道に導くのも、剣客の務めと思え」

「と、申しますと、北村様の若殿は、馬鹿殿であると……」

「それ、その口がもう過ぎておる……」

郡司兵衛は苦笑いを浮かべた。

北村家は小普請支配・三千石。

無役からの脱却を願う、旗本・御家人の就職活動の唯一の窓口である小普請支配には、あれこれ付け届けが飛び交い、石高以上に内福である。

その世継ぎの指南役となれば、それなりの謝礼が期待できる。このように屋敷で仕合を執り行なって決めぬでも、いくらでも名のある剣客を迎えられそうなものである。

だが、竜蔵が予想した通り、当家の世継である和之進《かずのしん》の素行が甚《はなは》だ悪く、名だたる剣客は皆、多忙や病を理由に、当たり障りのないように北村家への出稽古を断った。

厳しく躾《しつけ》をせねばならぬと思いつつ、主膳は婿養子の上に、奥方は和之進を溺愛するものだから、つい甘やかしてきてしまったのだ。

出稽古に赴く剣客達も、厳しくやり込めて、面倒なことになるのを避けるのが世渡りというものであろう。

そこで主膳は、仕合での指南役探しを思いついた。仕合の様子を和之進に見せれば、その指南役の凄《すさま》じい強さを知り、少しは、温和《おとな》しくなるのではないかと思ったのだ。

「だが、性根がそうた易く変わるものではない。剣の出来が悪いことには耐えられても、心が曲がっている者には、教える身としては我慢がならぬものだ」

「それはいけません、わたしには耐えられません」

様子が呑みこめて、竜蔵は思わず音《ね》をあげたが、

「竜蔵、それではお前も、心の曲がった者と同じ類の人間ではないか」

「はい……」

「剣を極めた者は、心も極めねばならぬ。心の曲がった者を見れば哀れと思い、これをまっすぐにしてやるのが、お前に天から与えられた役目と思え」

「それは……」

「若い頃、盛り場で暴れ回ったお前だからこそできることなのだ。よいな……」

「はい……」

どうもいけない。さすがに今は亡き師・藤川弥司郎右衛門の後を托され、直心影流の的伝を受け継いだだけの人物である。赤石郡司兵衛の口から出る言葉は、呪縛《じゅばく》のよ

うにこの身を動けなくする。

竜蔵は否という言葉が発せられないのである。

「気になることの二つ目は……。まあ、まず道場に出よ……」

それから郡司兵衛は、竜蔵を連れて道場へ出た。

道場には五十人ばかりの門人が、面、籠手をつけて、稽古に励んでいた。

門人達は、竜蔵の姿を見て、緊張を漂わせた。この車坂の赤石道場と、長者町の藤川道場は、合同で稽古をすることも多く、竜蔵を知らぬ者は、入門したての者の他はいない。

この道場では、優等生を気取っている沢村直人と、その仲間達が、わかったような剣術論を戦わせて、

「口で剣術が上達するのか」

と、稽古中に何度か、竜蔵の突きをくらって失神させられていた。

それを目の前で見ているだけに、竜蔵は、赤石、藤川両道場の門人達からは恐れられているのだ。

もっとも、いつも竜蔵を怒らせていた沢村は、竜蔵の来訪を知るや、あれこれ理由を付けて道場から居なくなっていたのだが……。

「だが、そういう殺伐な気が漂うことも、道場には時としてあらねばならぬ」

と、郡司兵衛は竜蔵を歓迎している。

ともあれ、一様に竜蔵に対して緊張を崩さない門人の中にあって、

「おお、久しいのう……」

一人の剣士が声をかけてきた。

面を被っているゆえ、すぐに誰かわからなかったが、その声には懐しい響きがあった。

「桑野《くわの》さんではありませんか……」

面金《めんがね》の向こうに、不精髭《ぶしょうひげ》を生やした、熊のような、武骨と愛敬の入り交じった中年男の顔が見えた。

「稽古をしに来たのであろう。後で一手付き合《お》うてくれ……」

桑野は、さも嬉しそうな笑みを浮かべて、郡司兵衛に一礼すると、また稽古に戻った。

「気になることの二つ目が、桑野益五郎《ますごろう》だ」

郡司兵衛が言った。

「桑野さんが何か……」

「あの男も、仕合に出るそうだ」

「そうでしたか……」

「お前にとって、何よりの強敵だな」

郡司兵衛は、何か言おうとしたが、それをぐっと呑みこんで、

「どれ、稽古の仕度をするがよい。おれも、久し振りに竜蔵と打ち合うてみたい」

そう言って、自らもその巌《いわお》の如き体に、防具を装着した。


「いやいや、おぬしも仕合に出るとは知らなんだ。この上は互いに悔いの残らぬ、よい仕合を見せたいものじゃな。とはいえ、今日のおぬしの稽古を見る限りでは、おれには勝目はなさそうだが。わぁっはッ、はッ……」

稽古が終わると、桑野は竜蔵を、道場を出て少し南へ歩いた所に出ている、田楽豆腐《でんがくどうふ》の辻売りの下へと誘った。

すぐ傍にある巨木の、地面に剝《む》き出した根の辺りに腰を下ろし、田楽の串を片手に冷や酒を飲む――。

車坂の道場で顔を合わすと、桑野と竜蔵は、よくここに並んで座り、あれこれ話をしたものだ。

桑野益五郎は、竜蔵の亡師・藤川弥司郎右衛門の兄弟子《あにでし》にあたる、長沼活然斎の門人であった。

そういう関係上、桑野はよく、長者町の藤川道場、車坂の赤石道場に稽古をしに来たし、竜蔵も師の供で、芝愛宕下《あたごした》の長沼道場に出かけることも多かったので、自然と親しい間柄となった。

親しい間柄とはいえ、桑野は竜蔵より二十歳くらい年長であるから、なかなかおもしろい取合せといえよう。

師について、長沼道場に行くと、稽古後師は決まって先方の招きを受け、竜蔵はその場で御役御免となる。こういう場合、竜蔵も長沼道場の若い連中とどこかへ繰り出せばよいのであろうが、人と群れるのがどうも苦手な竜蔵は、真《ま》っ直《す》ぐに長沼道場を後にすることが多かった。

「せっかく来たのだ。少し話をしていかぬか……」

それを呼び止めて、時に酒食を振る舞ってくれたのが桑野である。

長沼活然斎は既に亡く、道場主は次代の長沼正兵衛になっていた。入門して数年で師を失った後は、次代の門人として励んでいた桑野であったが、立場上は先代の弟子ということで、道場の高弟達とは微妙な距離があったといえる。

ゆえに、藤川弥司郎右衛門の接待役には声がかからず、竜蔵を構ってくれたわけだが、一事が万事、この桑野益五郎は付きに見放されていた。

父親は旗本の用人を務めていたが、主が城中にて同僚と口論の末、喧嘩沙汰を起こしたことにより知行《ちぎょう》召し上げとなり、その身も浪人となった。

不遇の中死んだ父親の無念を晴らさんと、苦労を重ね、剣の修業を積んだ桑野は、その剣の腕と実直な人柄を見込まれて、関東郡代・伊奈《いな》忠尊《ただたか》に仕官が叶ったが、伊奈家はその直後に、家督相続の内紛で改易に処され、すぐにまた浪人暮らしに逆戻りしてしまった。

その後は、蠟燭《ろうそく》作りの内職などしながら、代稽古による僅かな収入で、妻子を養ってきたが、妻女は病がちで、一人娘は、二十になるというのに、母親の看病で嫁入りどころではない。

しかし、どんな時でも会えば変わらぬ笑顔で、

「竜蔵殿、励んでおるかな！」

と、桑野は若い竜蔵を盛り立ててくれた。

そして今日もまた、辻売りの田楽豆腐ではあるが、年長の男の務めを果たさんと、こうして気を遣ってくれているのである。

「だがおぬしにとっては迷惑なことだな」

田楽豆腐を頬張りながら、桑野はふっと笑った。

「何がです」

竜蔵は、豪快に笑ったかと思うと、一転して、いつになくしみじみとした物の言いようをする桑野をじっと見た。

「いい歳をした男が、仕合に出るなどと、何を考えていやがるんだ。おれが竜蔵殿の歳ならそう思う。そんなに長く生きてきて、出稽古先の一つくらい持っておらぬのか。長沼道場の師範代の一人でいながら、まだ己が道場を持てぬのか。若い者の持場を荒らしに来るではない……。などとな」

「いや、若い奴らに交じって、堂々と仕合をなさろうというのですから、桑野さんは立派ですよ」

「何が立派なものか。何をやってもうまくいかず、妻にも娘にも苦労ばかりをかけて……」

「御新造さまの御具合は……」

「相変わらずだ……」

桑野は頭《かぶり》を振った。

「そうですか……」

「竜蔵殿、おぬしと旗本三千石の北村様の御屋敷で、赤石先生の審判で仕合ができるなど、これほど嬉しいことはない。思い切り立ち合って下され。この親爺を憐《あわ》れんで、手を緩めたりすれば、一生恨みますぞ……」

桑野は、真顔で竜蔵に向き直ると、やがてこの歳の離れた剣友に笑顔を向けた。

「お前にとって何よりの強敵だな」

と、赤石郡司兵衛が竜蔵に言ったことの意味がつくづくわかった。

竜蔵は、桑野の付きに見放された今までの人生が、どれほどのものか知っている。おまけに、竜蔵にとって桑野は、この世に数少ない、腹を割って話ができる〝友〟である。

付き合いの長さや、歳の近さが、友情をなす要因とは言い切れまい。

時折会う度に懐しく思う、人の縁もある。

だが剣客は、昨日まで親しかった友と、今日は激しく雌雄を決しなければならない局面がある。

竜蔵は仕合に臨んでは、桑野益五郎であれ、情容赦なく打ち込む覚悟はできている。

とはいえ、覚悟はできていても、実際竹刀を交えた時、心の切り換えを求められる。

体力では勝《まさ》っていても、その切り換えが、老練の士・桑野益五郎と比べて自分は劣るのではないか――。

しかもそういう仕合に勝利して得るものといえば、旗本の馬鹿息子の御守役である。人生は皮肉なことだらけだ。

数日後、竹刀を交えることになる二人は、それぞれ田楽豆腐の串にかじりついて空を見上げた。

積み雲が、青空の中どっかりと腰を降ろしている。

「梅雨は明けたのでしょうかねえ……」

「まだ安心はできぬな……」

竜蔵と桑野は話す言葉を探した。

男の会話とは大旨《おおむね》このようなもので、行き着くところは剣の話だ。

「竜蔵殿、今日の稽古では見事に面を一本取られたが、おれが入れた籠手は、おぬし、譲ってくれたのであろう」

「いえ、とんでもない……。あれは、わたしの気が緩んだところを見事に決められました」

「真にそうか」

「もちろんです。それより、赤石先生には一本入りましたか」

「いや、あの御方は鬼のように強い……」

「まったくです。わたしも、胴に一度だけ竹刀が、かすっただけで……」

「おれも一度だけ、籠手にかすった」

「桑野さんの得意の籠手が、かすっただけですか」

「だから、おれの籠手が入ったのは、おぬしが譲ってくれたのだろう」

「だから、あれは気の緩みをつかれたのですよ。わたしの負けです……」

「う～む、そうなのかのう……」

「そうですよ」

「う～む……」

四

仕合の当日――。

峡竜蔵は、夜明けと共に起き、道場に籠って体を軽く動かした。

仕合の刻限は九ツ（十一時半）であるから、まだ余裕はあるのだが、竜蔵には厠《かわや》の問題がある。

以前、藤川道場で、直心影流の若い門人を集めての仕合が開かれたことがあり、この時、竜蔵は勇んで仕合に挑んだものの、三人を抜いたあたりから、腹工合《ぐあい》が悪くなり、四人抜きを果たしたものの、五人目に腰が定まらず惨敗を喫し、一等を逃した苦い思い出がある。

朝、一度大用を足したからといって、安心はできない。日によって、一度目の出が足りない時は、二度目の便意の波が下腹を襲ってくるのである。

こうなると落ち着かない。

〝無念無想〟の境地は、こみあげる排泄《はいせつ》感を達成したい欲望で、いとも簡単に打ち破られるのだ。

先ほど四ツ刻に二度目の大用を足した。

「これでよし！」

しっかりと、袴の紐《ひも》を結ぶと、竜蔵は大きく息を吐いた。

竹中庄太夫が、出入りの沓脱《くつぬ》ぎで控えていた。

供など不要と言ったが、江戸の剣術界に登場する契機になるやもしれぬ仕合である。

弟子としてはどうしても見ておきたかった。

華奢《きゃしゃ》な体に、竜蔵の竹刀袋と防具袋を担ぎ、下男と見間違われぬよう、武芸者らしき、しっかりとした腰付きで、道場を出た竜蔵につき従った。

門口には、庄太夫から話を聞いた、常磐津師匠・お才が来ていて、さっと切り火をきって送ってくれた。

武士に切り火というのも、おかしな取り合せであるが、かの平賀源内も宝暦の頃に、切り火のことを、物の本に書き遺しているというから満更《まんざら》でもない。

「竜さん、しっかりとね！」

などと送り出してくれると力が湧いた。

「おう！　行ってくるぜ」

心も体も仕合に向けて、万端整った。

目指すは麻布《あざぶ》天現寺の北にある、旗本三千石、北村主膳の屋敷である。

竜蔵の道場からはさして遠くはない。二人はすぐに屋敷に着いた。

さすがは小普請支配の屋敷である。立派な長屋門は両番所付きで、表門で姓名を名乗ると、家士が丁重に、玄関を入った左手にある武芸場まで案内してくれた。

喧伝《けんでん》したわけではなく、ごく内々に、仕合のことは進められてきたのであるが、近頃、仕合によって剣術指南役を決するというのも物珍しく、見所には所狭しと来客が居並んでいた。

さらに、主人に代わって、剣士達の技量を見分するために遣わされた、諸家の家来達が、庭に床几《しょうぎ》などを与えられ、武芸場の方を眺めている。

見所の中央には主膳が、傍に嫡男の和之進を控えさせて方々の客に気を配っていた。

仕合に出る剣士達は、いずれも白鉢巻に白襷《だすき》の出立《いでた》ちで武芸場に居並び、赤石郡司兵衛の後で一斉に座礼をした姿はなかなか圧巻であった。

もちろん、その中には峡竜蔵、桑野益五郎の姿もある。付き添いの竹中庄太夫は庭の片隅でこれを見つめる。

「貴殿の先生は峡竜蔵という御方かな」

同じく、庭でそっと武芸場の方を見つめていた、いずれかの家中の者が、庄太夫に声をかけてきた。

「はい……。どうしてそれを……」

「先程、門前で名乗られるところに出くわしましてな。直心影流の遣い手とか。これは楽しみでござる」

「おそらくは、我が師が、一等になられると」

庄太夫は、その侍の言葉が嬉しくて、わかったような物の言いようを楽しみつつ応えた。

侍はにっこりと頬笑み、食い入るように武芸場に目をやったので、そのまま互いの名乗りもないまま、仕合を観戦したが、この侍が、あの〝深編笠〟と思《おぼ》しき、お才の常磐津の弟子・眞木であることを、庄太夫は知らない。

かつて峡道場で危急を救われた折、深編笠の声を聞いたはずの庄太夫も、そこまでは気が回らなかった。

眞木はというと、お才の家の前で、竜蔵に姿を見られ、その声を聞かれたことに気付いていない。

しかし、その様子を見るに、この男――峡竜蔵の活躍を楽しみにしているように思える。

いったい何者なのであろうか――。

一方、武芸場の竜蔵にも思わぬ再会が待っていた。

「本日の御参集、忝のうござる。力のこもった仕合を楽しみにしておりますぞ」

主膳の言葉に、深々と座礼をした竜蔵は、主膳の横でつまらなさそうな顔をしている和之進を見て驚いた。

北村和之進こそ、先日の雨の日、雨宿りの春日明神で、庇の外へ叩き出した、あの若侍達の首領〝和様〟であったのだ。

——なるほど、それで和様か。

赤石郡司兵衛が言っていた、指南役の成り手がないという馬鹿殿が、こ奴であったのは頷ける。

昨夜の遊びがこたえたのか、欠《あくび》を噛《か》み殺している和之進も、竜蔵とふと目が合い、激しい動揺を浮かべた。

先日自分を雨中に追いやった憎き浪人風の男がこれにいるとは——今日の仕合に参加しているということは、それなりの剣客からの推挙があってのことである。

先日の失態を見られている上、恐しく強いあの剣客が自分の剣術指南役になるなど、何と忌しいことか。

和之進は辺りを落ち着きなく見回した。

庭のもう一方には、和之進と同じく、竜蔵を見て動揺し、思わず目を伏せている、あの日の取り巻きの四人も居た。

北村家の若党で、和之進付きの、丸川浩介、河合平七。おべっか使いの岡田助右衛門。竜蔵が武具屋で会った、神森新吾であった。

助右衛門と新吾はいずれも、貧乏御家人の子供で、無役の小普請組からの脱却を願う父親の根回しで、和之進の機嫌を結び、その取り巻きとなっているのである。

根っからの太鼓持ち気質の助右衛門と違って、新吾はこの北村家の武芸場で時に開かれる剣術稽古に参加させてもらうために、気にはそぐわぬが、和之進の取り巻きを続けている。

剣の道を生きたいと思っても、貧しい家のことで、道場になど通えないのである。今日も、和之進に引っついている恩恵で、腕に覚えのある剣客達の仕合を見られることになったわけだが、そこに、あの雨宿りの折に祠の庇の外へ投げとばされた侍がいようとは……。

次の日、武具屋の前で出会い、何のこだわりもなく肩をポンと叩いて、爽やかな笑顔を向けてきた侍――新吾は痛い目にあわされたにもかかわらず、どうもその笑顔が頭にこびりついて離れなくなっていたのだ。

――あの人の仕合を見てみたい。

新吾にはそういう目の輝きがある。

竜蔵は武具屋の前で新吾に見せたのと同じ爽やかな笑顔を和之進に向けた。

男同士が共有するいたずら事を、人前で覆い隠しながらニヤリと笑い合う――これが愛すべき男の稚気《ちき》だ。

ところが、和之進はニヤリとするどころか、秘密を握られた竜蔵をただ警戒するように見るばかりであった。

決まりが悪く、ただただ目を丸くして竜蔵を見て逃げ出した、神森新吾のような可《か》愛《わ》い気《げ》などは微塵《みじん》もない。

——こいつが若殿か。

竜蔵に明らかな落胆の色が浮かんだ。いきなり出鼻をくじかれた想《おも》いであった。


仕合は行われた。

峡竜蔵と桑野益五郎の他は、いずれも三十前後の、これから世に出ようという剣士ばかりで、直心影流、中西派一刀流、神道無念流といった流派から選抜された者であった。

竜蔵、益五郎は、二人共に、出稽古先を持っていてもおかしくない実力の持ち主である。

それぞれ相手に鮮やかな一撃を決め、難なく勝利を得た。

二人は、総当たりで挑む次戦に進出する五人の内に、当然の如く選ばれた。この先は一人四仕合をこなす——剛剣の竜蔵、多彩な技をこなす桑野の快進撃はここでも続き、二人はあっという間に三ツの白星を重ねたのである。

「この上は、峡竜蔵殿、桑野益五郎殿、御両人の仕合にて、勝った方が、御指南役に選ばれまする」

赤石郡司兵衛の言葉に、北村主膳は大きく頷いた。

傍の和之進は、何とも渋い表情を浮かべて不貞腐《ふてくさ》れた様子である。

段違いに強い竜蔵に、あの日、取巻き達を雨宿りの庇から雨中に放り出した姿が重なって、とにかく気に入らないのである。

竜蔵は何だこの野郎はと、和之進のその表情を確かめた。赤石郡司兵衛は、若い頃、盛り場で暴れ回ったお前だからこそ、和之進の気持ちをわかって、正しい心に導くことが出来るはずだと言った。

しかし、二十歳前の無頼《ぶらい》を若気の至りだと、思い出のひとつにしてしまうには、竜蔵はまだ若過ぎた。二十八になった今も、竜蔵の心と身体の内からは、今もなお無頼の血が抜けていないのだ。

竜蔵はだんだんこのクソガキに向っ腹が立ってきた。

――やっぱりおれは何も変わっちゃあいねえや。

同時に、そういう自分がおかしくもあり、情無くもあった。

やがて、太鼓が打ち鳴らされ、北村家の家士が、

「峡竜蔵殿……。桑野益五郎殿……」

と、二人の名を呼んだ。

竜蔵と桑野は、静かに進み出て、北村主膳に一礼すると、竹刀を構えた。

面はつけていない。互いの表情がはっきりと分かる間合で、二人は少し頬笑み合った後、

「勝負！」

という、赤石郡司兵衛が白扇をかざしての掛け声に、さっと飛びのいた。

桑野が大上段にかぶったのに対し、竜蔵は肩に竹刀を担ぐようにして、その間合を切った。たちまち緊張が辺りを包んだ。さすがに今日一番の対戦であった。

郡司兵衛が白扇を握る手に力が入った。

ここまで、審判を務める郡司兵衛は、素面での仕合に、一人も怪我人を出していない。

さすがは直心影流の道統を受け継ぐ剣客である。両者の技量を瞬時に見極め、素早く勝敗を判じてきたのである。

庭でこれを食い入るように見ているのは、庄太夫、新吾、そして、眞木というあの侍である。

竜蔵、桑野共に、巧みな足捌《あしさば》きで間合を探り、誘いをかけ、その出鼻を打ち込もうとするが、その手に乗らぬのは互いの手の内を知っているゆえのこと。

こうなれば、膠着《こうちやく》必至――体力に勝る竜蔵に分《ぶ》がある。その不利を桑野が補うには、経験豊富なる仕合の駆《か》け引きを応用するしかない。

堪《たま》らずに打って出たと見せ、却《かえ》って相手の打ちを誘い出すのだ。

桑野は回り込んだ。その動きを見逃さずに竜蔵もそれに合わせて動く。

桑野はやがて見所を背にした。すると、竜蔵の眼に、仕合などどうにでもなれという様子でそっぽを向いている和之進のだらけきった表情がとびこんできた。

「えいッ！」

桑野が上段に構えた竹刀を振り下ろしつつ、竜蔵の間合に踏みこんだのはこの時であった。

「それッ！」

その打ちを予期していた竜蔵は、左手一本で竹刀を投げるように桑野の横面へと放ち、ピタリと止めた――しかし、それは僅かに桑野に見切られていて、同時に放った桑野の片手突きが、一瞬早く竜蔵の胴の胸を捉《とら》えていた。

「それまで！」

赤石郡司兵衛は、桑野益五郎の一本を告げた。

思わぬ中年剣士の勝利に、和之進は初めて顔を綻ばせ、庭の庄太夫は嘆息した。新吾は素晴らしい仕合を見た興奮にしばし身を震わせていた。そして、〝深編笠〟と思しき眞木なる侍は、ニヤリと笑って庭を出て立ち去った。

負けた竜蔵は、晴れ晴れとした表情で、一礼をしてその場を退《さ》がった。

見送る桑野益五郎は、勝ったというのに、どうもすっきりしない思いで、北村主膳の御前に出て深々と頭を下げたのである。

五

「竜蔵殿、やはりあの勝負は、おぬしが譲ってくれたのであろう」

「とんでもない。あれは、わたしの気が緩んだところを見事に胸突きを放った、桑野さんの紛れも無い勝ちです」

「わざと気を緩ませてくれたのではないか」

「何と……」

「おぬしは心優しい男じゃゆえに、桑野益五郎の暮らしぶりを見るに見兼ねて……」

「よして下さい。弱輩者とはいえ、この峡竜蔵は、桑野益五郎殿の剣の知己《ちき》だと思っております。それが勝負に手心を加えるような無礼を働くと思いますか」

「う〜む……」

梅雨はすっかりと明けて、夏の陽射しが容赦なく江戸の町に照りつけ始めた頃。

竜蔵の道場を、桑野益五郎が訪ねてきた。

北村屋敷での仕合の後、桑野は北村家の親類縁者など、当日仕合を観戦した旗本の招きで、出稽古に赴いたりしつつ、和之進への教授をせねばならず、なかなか多忙を極めていたのだ。

だが、その間にも、峡竜蔵が勝ちを譲ってくれたのではないか。本来ならば、この多忙は竜蔵に与えられるべきものではなかったか——。

人の好《よ》い桑野は、それが心に引っかかっていた。たとえ勝ちを譲ってくれていたとて、竜蔵がはいそうですと答えるはずがないこともわかっていながら、そう問いかけずにはいられなかったのである。

「ただ、正直に申し上げますと、わたしもついてはおりませんでしたよ」

竜蔵は、春日明神社での雨宿りの折、北村和之進と遭遇していたこと。そして、仕合当日、和之進を見て、それが思わぬ雑念となって、気の緩みにつながったことを桑野に告げた。

「つまり、和之進とあの日初めて顔を合わせていたならば、桑野さんに負けてはいなかったかもしれません。だがそれとて時の運、どう転んでいたかはわかりません。そしてとつ言えることは、峡竜蔵は思いっ切り立ち合いました。そして、あの北村和之進の指南役は、わたしよりも桑野さんこそが相応《ふさわ》しいということですよ」

「う〜む……」

桑野はまたひとつ唸り声をあげたが、話を聞けば合点がいったようで、

「ではこ度はおれに付きがあったということか……」

「そういうことですよ」

「だが勝負の運には恵まれたが……。北村和之進の指南役は疲れる」

「そうでしょうね……」

二人は同時に苦笑いを浮かべた。

「少し厳しくすると不平を漏らす、弱音を吐く、稽古を怠けたがる……」

それでも、当主・北村主膳も、親類縁者の殿様達も、仕合を見た興奮も相俟《あいま》って、桑野益五郎の人となりを気に入り、何かと問題の多い和之進を、この剣客によって鍛え直してもらおうという意見でまとまり、和之進を甘やかしてきた主膳の奥方もさすがにこれに口を出すことはできなかった。

「それゆえ、和之進殿への剣術教授はすっかりと任せてもらっているのでな……」

今は音をあげようが、不平を言おうが、二日に一度の稽古は、否応なしにさせているという。

「近頃では、黙って言う通りにするようになってきたわ」

「それは何より。桑野さんなら、若殿の性根《しょうね》を叩き直すこともできますよ。何といっても乱暴者だったわたしが、桑野さんだけには心を開いたのですから……」

「さて、それならよいが……。今度の仕合のことは、本所のお母上からの勧めであったとか。残念がってはおられなんだかな」

「爺殿は、二番ならよくやったと誉めてくれましたが、お袋殿は、少しは強くなったと思っていたら、何だそのくらいでしたかと、憎まれ口ですよ」

「それは申し訳ないことをした……」

「あの御方は、息子を叱《しか》りたくてうずうずとしているのでちょうどよかったのです」

仕合の翌日、竜蔵は本所出村町に、中原大樹と志津を訪ね、結果を報告に行った時のことを思い出して、からからと笑った。

「仕方ありませんよ。学問を修めてもらいたいという母の願いに反して、わたしは剣の道を選んだのですから」

しかし、森原綾への話はうまく進んでいるようで、綾は近々学問所の方へ移ることになったと聞いて、その日はほっとした心地となり、道場へ戻ったのであった。

「なるほど、森原太兵衛殿の忘れ形見を中原先生の学問所に。竜蔵殿、それは名案じゃ」

桑野は我がことのように喜んでくれた。

「桑野さん……。これで暮らし向きも少しは楽になりましょう。よかったですね」

「うむ……。ありがたいことだ……」

愛敬のある熊のような顔を綻ばせ、桑野はしみじみと感じ入った。いつもの不精髭はもう消えていた。


桑野が道場を辞去した後――。

竜蔵は、しばし〝剣俠〟と大書された掛軸を前に黙考した。

あの日の桑野益五郎との仕合――。

白熱する見事な仕合ぶりで、紙一重の相打ちであったゆえに、時の運が桑野に味方した……。誰もがそう思ったが、その実、竜蔵は仕合の勝ちを桑野に譲ったことを自覚していた。

桑野と打ち合った時――。北村和之進のだらけきった表情が竜蔵の目にとびこんできた。

その瞬間、竜蔵は赤石郡司兵衛が何と言おうが、やっぱりこんな奴に、苦労をして修めてきた己が剣を教えるのは御免だと、つくづく思ってしまったのだ。

自分ならいきなり衝突して終わってしまうだろう。しかし、かつて竜蔵が慕ったように、人の情に溢《あふ》れ、腹を割って本心を話せる桑野になら、この馬鹿息子も師弟の礼を結べるのではないか。

桑野にならば負けてもいい、桑野が勝てば、彼が苦労をかけてきたという妻子にも、新たな人生の春も来るではないか――。

そう思った時に、竜蔵のひとつとなった〝気剣体〟が脆《もろ》くも崩れた。

そうして、あの相打ちとなった。

――おれは確かに勝ちを譲った。

だが、それは竜蔵の胸の内に収めておけばよいことなのである。

――先生、竜蔵はたわけ者でございます。

竜蔵は亡師・藤川弥司郎右衛門に心の内で詫びた。導いてやらねばならぬ若者から目をそらし、馴れ合いの仕合をしてしまったことを――。

「竜蔵、お前はますます父に似てきたな……」

仕合後、赤石郡司兵衛は、ただ一言、竜蔵にそう言った。

かつて、父・虎蔵は、気に入らないことがあると、どんな大事な仕合でも、簡単に負けて帰ってしまったという。

それを引っかけて言っているのなら、郡司兵衛だけは勝ちを譲った竜蔵の心の内を見透かしていたのかもしれない。

――うだうだと悩んでるんじゃねえや。おれがお前だとしてもそうしてるぜ。

どこからか虎蔵の声が聞こえた気がした。

――これでよかったのだ。

おれには先行きがあるのだ。桑野益五郎にとってこれが世に出る最後の機会かもしれぬではないか。

「よし！」

竜蔵はすっくと立ち上がり、年長の剣友の幸せに祈りをこめて愛刀・藤原長綱を抜き放ち、虚空を斬った。

しかし、竜蔵の願いは思うように天には届かなかったようだ。

北村主膳の息・和之進の驕慢《きょうまん》と放蕩《ほうとう》は、桑野益五郎が、二日に一度、出稽古に赴き、厳しく指南をしたくらいでは収まりようがなかったのである。

主膳は、息子の素行の悪さに気付いてはいたが、和之進は采女《うねめ》ヶ原の馬場に馬を責めに行くだとか、学問所の講義を聴きに行くだとか、あれこれ理由を騙《かた》るのがうまい上に、過保護な母親に泣きついて、その後ろ盾を得るので、屋敷を脱け出しては方々で乱暴を働いたり、盛り場を徘徊《はいかい》していることまでは知らなかった。

それゆえ、良い指南役さえつけておけば、そのうち旗本三千石の嫡男であることの自覚くらいは出るだろうと、高を括《くく》っていたのだ。

息子はそういう父親の放任と、母親の溺愛の蔭で、どんどんと性質を悪くしていく。

桑野益五郎が峡竜蔵を訪ねていた頃。

北村和之進は、取巻きを引き連れ、赤羽根の盛り場にたむろして、乾分《こぶん》共にこのところの苛々《いらいら》を当たり散らしていた。

「ふん、親父もお袋も、親類のクソ爺ィ達にのせられやがってよう。稽古、稽古、稽古で体の節々が痛くて仕方がねえや」

主膳が開催した仕合は、北村家を取り巻く人々を大いに興奮させた。そのとばっちりを喰って、今までは母親に泣きつけば、楽で遊びのような剣術稽古ができたものの、桑野益五郎の厳しい稽古に絶対服従を強いられているのである。

「春日明神で会った、峡竜蔵って野郎が負けてせいせいしたが、あの親爺も融通のきかねえクソッタレだ……」

和之進は、自分の剣術指南役となった桑野を、うまく丸めこもうと金品などを散らつかせたが、桑野は北村家から束脩を頂戴《ちょうだい》しているゆえ、お心遣いは無用にと、これを軽くいなした。そして、一貫目の木太刀で素振りを千回、防具をつけてからは、延々と打ち込み稽古。最後は、桑野自身が防具をつけて相手をする――。長沼道場や藤川道場では、ごく当たり前の剣術稽古を和之進にさせたのであったが、

「こんなおもしろくもねえ稽古が、この先ずっと続くのかと思うと堪ったもんじゃねえ」

と、自分の思うようにならない厳しい稽古に、完全に参っているのだ。

「そんなことで、三千石の御家は継げぬぞ！」

日頃の男伊達はどこへやら、気合の抜けた和之進を、桑野は武芸場の壁に叩きつけたことも何度かある。

近頃、桑野益五郎を一目見ようと、和之進の稽古を見に来る客が多く、その連中は決まって、

「よい稽古じゃ！」

つめている。

と、誉めそやすものだから、和之進はこのままでは殺されてしまうと日増しに思い
「しかし、和様は大層剣術が上達されたと思いますが……」

神森新吾が、和之進を宥《なだ》めるように言った。武芸場での稽古に参加させてもらって
いる新吾の、偽ざる思いであったのだが、

「馬鹿野郎！　新吾、生意気なことを吐《ぬ》かすんじゃねえぞ。おれは一手の大将になる
男だ。剣術なんて家来が強けりゃいいんだよ」

「はい……」

新吾は黙って引き退がった。

「こんな毎日が続くようじゃ、死んだ方がましだ。桑野には消えてもらうぜ」

「消えてもらう……」

おべっか使いの岡田助右衛門が首を傾げた。

あれほどの剣客をどうするというのだと、新吾も怪訝な表情を浮かべた。

「ちょいと頭を捻《ひね》れば、あんなクソ親爺……。まあ、お前らはなんの役にも立ちゃし
ねえや。とっとと失《う》せろ……」

和之進は新吾と助右衛門に、冷たく言い放つと、横丁の辻から顔を覗かせた折助《おりすけ》に

目配せした。

折助は伝内《でんない》という渡り中間《ちゅうげん》で、人手が足りない時だけ、方々の旗本屋敷などに出入りしている三十過ぎの男である。

三千石の北村家といえども、時として臨時手伝いの者を雇う時もある。その折に、この伝内は和之進にうまく取り入り、博奕《ばくち》場や遊廓への出入りを、この放蕩息子に取りもっているのだ。

新吾は、和様の喧嘩に付き合うのはまだしも、この悪事の塊のような伝内とつるむのはいくら立身のためとはいえ気が引けた。

失せろと言われて幸いだった。新吾は助右衛門と共にその場で和之進と別れた。

しかし、桑野には消えてもらうと口走った和之進の前に、薄ら笑いを浮かべて現れた伝内――何やら不吉なものを覚えた新吾は、そっと和之進の後をつけた。

和之進は、伝内と若党の丸川浩介、河合平七を従え、水天宮《すいてんぐう》裏の料理茶屋へと行くようだ。何度ともなく相判《しょうばん》した新吾にはすぐにわかった。そこの離れ座敷でよからぬ相談をするのであろう。

新吾は先回りして、裏手から離れ座敷の外の植込みの蔭に潜りこんだ。

案の定、離れ座敷には、和之進達四人がやって来て、新吾の頭上にある小窓からやがて和之進と伝内の悪巧《わるだく》みが洩《も》れ聞こえてきた。

新吾の覚えた不吉な想いは、まさしく現実のものとなった。苦労知らずで、何事に対しても甚だ幼稚なものの考え方しか出来ぬ和之進ではあるが、これほどまでのものであったとは――。

たちまち新吾の顔は青ざめて、絶望の色が浮かんだ。その時、彼の脳裏に一人の男の顔が浮かんだ。

雨宿りの折、見事に投げとばされ、その翌日にはにこやかに肩を叩いて語りかけてきた、あの峡竜蔵という剣客の顔が――。

六

「桑野先生、あの辺りがちょうどよろしゅうございましょう……」

北村和之進が殊勝な声音で言った。

「うむ、よろしかろう」

桑野がいつもの、温かく人の好さそうな太い声で応えた。

夜の赤坂溜池端《ためいけばた》は不気味なほどに静まりかえっている。

提灯《ちょうちん》をかざし、桑野は、和之進と、供の丸川、河合の四人で溜池端を歩いていた。

和之進が勧めるその場所は、桐《きり》の木に囲まれた水辺で、そこで桑野から〝闇稽古〟を教授されることになっているのだ。

〝闇稽古〟とは、夜の闇の中で敵といかに戦うかを学ぶものである。

今日、北村屋敷での稽古を終えた後、桑野をそっと和之進が呼び止め、稽古をつけてもらえるよう願った。弟子の要請を桑野が断るはずもない。和之進に言われるがままに溜池を目指したのだ。

「闇の中では必ず声を出さぬことでござる。声をあげれば、己が居所を知られてしまう。そのような当たり前のことさえも、人は取り乱すと忘れてしまうものでござる」

そう教えつつ、桑野は桐畑の内へ足を踏み入れた。

その時である。

桑野は木立の内からこちらを窺う、強烈な殺気を覚え、はっと身構え、咄嗟に池を背にして立った。

「先生、いかがなされました……」

和之進は慌てて、桑野の背後に隠れた。

「油断めさるな、何者かに狙われている。早く提灯を消せ！」

桑野は、若党二人に命じたが、動転した二人は思わず取り落とし、提灯は燃えあがり、闇からこちらを窺う敵からますます、彼らを見易《みやす》くした。

「何をしている！　早く消せ！」

叱りつける和之進であったが、これこそ、桑野益五郎を消す計略。闇稽古に誘い出し、その帰りに桑野益五郎は、辻強盗に遭い斬られた――馬鹿が小悪党の伝内と仕組んだ罠《わな》であった。木立の中には伝内が集めた刺客が居た。

「辛い稽古が毎日続けば死んでしまう……」

それなら相手を殺すしかない。何と愚かで短絡的な発想であろうか。天下泰平になれきった若者は時として、驚くほど下らぬ犯罪を起こす。

いくら剣に長じた桑野益五郎も、腕利きが三人相手では敵うまい。さらに、守ろうとして背後に庇《かば》う和之進が、まさか斬りつけてくるとは思いもしないはずである。

木立の隅で、様子を見守る、折助の伝内の入れ知恵はなかなかにずる賢いものである。

確かに人の好い桑野がこのことを知らなければ、どうなっていたかわからない。

だがこの悪事は、この日の三日前――神森新吾が峡竜蔵の道場を探し出し、他人に言うに言えない胸中を打ち明けたことで、そっと竜蔵の口から桑野に告げられていた。

親の願いを無にするまいと、気にそぐわないままに、小普請支配の若殿・和之進の取巻きとなっていた新吾であったが、一度は行動を共にした和之進を売るような真似《まね》はしたくなかった。

しかし、いかなる欲もなく、ただひたすらに和之進のためにと剣術指南を続ける、実直な桑野益五郎を騙《だま》し討ちにしようなどという、悪事は許せない。たとえ役付きになる夢が絶えたとしても……。

「あの人ならば……」

と、駆けこんだのが峡竜蔵の下であった。

「お前はいい奴だ。お前のその気持ちは決して無にしねえよ……」

竜蔵はその時も、新吾の肩をポンと叩いて、しばらく家で病に臥《ふ》せっていろと、にこやかに胸を叩いてやったのだ。

桐の木立の中から、黒い人影が三ツ、桑野の前にぬっと姿を現した。

「物盗りではないな。誰に頼まれた。恨みを買う覚えはない」

桑野は三人に言い放ちつつ、背後で鯉口を切る和之進に聞かせた。桑野はこの期に及んでなお、和之進が自分に斬りかかることを思い止《とど》まるよう、祈っていた。

提灯の火は燃え尽きようとしていた。

「死ね！」

その暗がりの中で、桑野の願いも空《むな》しく、和之進はついに、桑野を背後から斬りつけた。

しかし、それは見事にかわされ、和之進は桑野に、しっかりとその利き腕をとられたのである。

「申したであろう。暗闇では声を出すなと。どこまでも人の意見を聞かぬたわけ者めが！」

桑野が一喝した時――そこへ無数の提灯が差し出され、右手に抜き身を引っ下げたまま、桑野に腕をとられた和之進と、抜刀したものの、桑野にかかっていけず、わなわなと震える若党の二人、今にも斬りこまんとする三人の刺客の姿が明らかとなった。

提灯の主達はいずれも、駒込《こまごめ》の富士権現《ごんげん》を詣《もう》での帰りの講中の者達――率いているのは芝神明の見世物小屋〝濱清〟の小屋主にして、香具師《やし》の親方・浜の清兵衛。実は竜蔵に頼まれて、安《やす》達若い衆を講中に仕立てて、偶然を装い、和之進の凶行の目撃者と成りに来たのである。

突然、己が姿が浮かびあがり、うろたえる、悪人共へさして、折助の伝内が投げつけられた。もちろん、講中に混じった峡竜蔵の仕業である。

「桑野殿！　曲者にござるか。峡竜蔵、御助勢致す！」

たちまち愛刀・藤原長綱を抜き放ち、これを峰に返した竜蔵は、一人、また一人と、刺客を峰打ちに倒した。

「おお、峡殿、忝《かたじけ》ない！」

偶然の遭遇を装い、桑野はその間に、和之進の刀を抜き落とし、その場にどうっと投げとばすと、自らも抜刀し、丸川、河合、若党二人をあっという間に峰打ちに打ち倒した。

情けなくも、和之進は立ち上がることもできず悶絶《もんぜつ》した。

これにうろたえた残る一人は、気がつくと桑野の繰り出す一刀に、大刀を叩き落とされ、竜蔵に胴を打たれ、崩れ落ちた。

清兵衛達は剣客二人の見事な手練に手を打って喜んで、

「何でえこいつらは物盗《ものと》りかい」

「暗闇でいきなり斬りかかるとは不逞《ふてい》野郎だ」

「ふん縛ってしまおうぜ！」

と、口々に言い立てた。

竜蔵は桑野に近寄って、

「桑野さん、せっかくの指南役、また消えてなくなりそうですね」

「いや、おぬしとの交誼《こうぎ》はこれでまた一層深まった。それが何よりじゃ」

溜池端の暗がりに、桑野益五郎の人の好さそうな顔が提灯の灯に浮かんだ。

二人は、頷き合い、ゆっくりと刀を鞘に収めた——。

七

「それで、北野主膳は小普請支配の御役を返上したのか……」

「はい。嫡男の和之進がとんでもないことをしでかし、そこを町の者達が何人も見ていたといいますから、家政不行届きの責めを負うのは当然のことと存じます」

「和之進は……」

「廃嫡の上、下野《しもつけ》の知行地に幽閉ということに」

「若き身空でたわけたことじゃ……」

赤坂清水谷《しみずだに》の豪壮なる旗本屋敷——。

この家の主である、大目付・佐原信濃守康秀《やすひで》は久し振りに自邸へ戻り、側用人《そばようにん》眞壁《まかべ》清十郎《せいじゅうろう》の報告を受けている。大坂城代・松平輝和の病気見舞に、将軍・家斉《いえなり》の代理で出張したり、このところ多忙を極めていたのである。

佐原信濃守といえば、〝夫婦敵討ち〟の一件で、黒鉄剣之助とお蔦の身分違いの恋の成就を、剣之助の主・豊津豊後守に進言した、なかなかの人情家である。齢《よわい》五十手前にして、将軍の信任厚く、恰幅《かっぷく》がよく、膨《ふく》よかな面体《めんてい》は沈着で穏やかだが、時折伝法《でんぽう》な風が見え隠れして、ほっと人を和《なご》ませる、なかなかの好男子である。

溜池端の一件は、町奉行所が出動するところとなった。伝内と三人の浪人は直ちに入牢となり取り調べを受けることになった。

和之進と若党・丸川浩介、河合平七は北村家に引き渡された。小普請支配・北村主膳の嫡男ということで、北町奉行・小田切土佐守《おだぎりとさのかみ》の指示を仰ぐに至ったが、取り調べに対して、桑野益五郎は、闇稽古をしていた所、物盗りに出遭ったのだと和之進を庇い、これに対して峡竜蔵は、自分は物盗りに遭っている桑野に助勢しただけで何も知らない。一緒にいた講中の者も、桑野がそう言うなら、和之進が桑野に斬りつけたと見たのは思い違いであったと認めたため、土佐守はそれで済ませたのである。

しかし、伝内は和之進に頼まれて、刺客を三人雇ったことを白状していたから、引き渡す際、その〝含み〟を主膳に持たせた。

伝内と三人の浪人は、その後の取り調べで数々の悪事が露見し、どうせ死罪は避けられない。評定所での詮議《せんぎ》に持ちこまずとも、この場で握り潰すことはできるが、人の口に戸は立てられぬ。実際、佐原信濃守の優秀なる側用人・眞壁清十郎は、事件の内幕を入手していた。奉行・小田切土佐守は、北村主膳に自浄を促したのだ。

主膳は家の保全のために、素早く御役を返上、和之進を廃嫡の上幽閉、若党二人を追放に処したのである。

「それにしても、桑野益五郎、おもしろい男だな。己を殺そうとした馬鹿息子を庇うとは」

「僅かな間とて、剣を指南した者の不心得は、己が所為でもあると、いうことでござりましょう」

「なるほどのう」

「さらにおもしろいのは、峡竜蔵にござりましょう」

「ふッ、ふッ、あの敵討ちの助太刀をした男が、折よく駆けつけたとはのう……」

信濃守は竜蔵に、どうやら興味津々のようである。

「何か世話を焼いたのに違いござりませぬ。桑野殿との仕合も勝ちを譲ったようで、まったく欲のない男にござります」

「勝ちを譲った……」

「はい、私にはそう見えました」

眞壁清十郎は、北村邸での仕合を見ていたらしい。しかも、竜蔵の動きをそう見るからには、相当腕に覚えがあると見える。

信濃守は、それを聞いて、うんと唸ると、それからはくだけた口調で、

「お才とはいい仲なのかい」

「いいえ、兄と妹のような様子でございます」

「そうなのか」

「この半年ばかり、お才様の御様子を窺っておりますが、そのようにしか思えませぬ」

「それならお才め、良い兄を持ちよった」

「真にもって。御息災にござりますぞ」

「うむ。して清十郎、常磐津の方は上達したかい」

「御勘弁下さりませ。深編笠を被り、そっと見張っておりましたところを、峡竜蔵に見つかりましたゆえの方便でござりましたが、私には歌舞音曲の類はとても……」

眞壁清十郎の困った顔を見て、信濃守は大いに笑った。

果たして——あの深編笠の侍は、お才の下に時折常磐津の稽古に来る眞木某《なにがし》その人で、実は大目付・佐原信濃守の側用人・眞壁清十郎であった。

竜蔵の読みは正しかった。清十郎は信濃守の命《めい》で、そっとお才の様子を窺っていた

のである。信濃守が何ゆえお才を気にかけているかは、お才自身知る由もない。そして、今、この主従の会話を聞くだけでは、確《しか》と知れない――。

そして、この数日後。

峡竜蔵の下へ、佐原信濃守の方より、屋敷への出稽古を願いたいとの要請がもたらされた。

それを報せに来たのは、祖父・中原大樹の学問所に暮らし始めた、森原綾であった。

恐らく、眞壁清十郎が、峡竜蔵は母と祖父からの要請には弱いという情報を仕入れ、以前何度か、大樹が国学の講義に佐原邸に招いた縁をたどり、申し出たのであろう。

出稽古に行けば、あの「深編笠」と再会できようことを、この時の竜蔵はまだ知る由もない。

「それで早速その遣いで綾坊がここへ。まったく、お袋も人遣いが荒いものだ」

綾の来訪を喜び、母屋の書院に請じ入れた竜蔵は、部屋の隅に控えている竹中庄太夫がそれを吉報と喜ぶのを尻目に、暢気《のんき》な声を上げた。

無理もない。和之進の一件で、これを庇った桑野益五郎、桑野に同調した竜蔵には、北村家からそっと付け届けがあった。

桑野に二十両、竜蔵に十両――受け取るのを渋る桑野に、これは指南役を辞めるにあたっての手当だから受け取ればよいのだと、竜蔵は、病妻を抱える桑野の懐に無理矢理押しこませて、自分は十両を手に、助勢を頼んだ浜の清兵衛達とどんちゃん騒ぎ。それでもまだお釣りがあって、面倒な出稽古への執心が薄れているのである。

「竜蔵さんにお伝えして参りますと、申し出たのはわたしの方なんです」

細面の中の、ぱっちりとした目を少し潤ませて、綾はじっと竜蔵を見つめた。

子供の頃は何かとからかっていた〝綾坊〟は、会う度に美しい娘に変わっていく――。

竜蔵は少し間延びした顔を引き締めた。

「竜蔵さんに一言お礼が言いたくて」

「お礼……」

「中原先生の学問所をお手伝いできるようにしてくれたのは竜蔵さんなんでしょう」

「いや、あれは、うちの爺ィ様が望んだことだ。おれは知らねえよ。だが当座の雨宿りにはいい所だと思うがな……」

竜蔵の声は上ずっていた。まことに嘘をつくのが下手なお人だと、竹中庄太夫は失笑した。

「ありがとうございました。これでわたしもほっとしました」

綾も笑った。

「佐原様は大した御方とお聞きしているが、出稽古の話、とりあえず考えておくと……」

話を本題に移して動揺を隠す竜蔵であったが、綾は志津の口真似をして、

「否も応もありませんよ。もう先様には喜んでお伺いしますと、お伝えしてあります……と、志津様が……」

「お袋が……」

してやられたと竜蔵は天を仰いだ。

「先生！　お嘆きになられて何とします。華々しい剣客の道がひとつ開けたではありませんか、のう綾殿」

「はい」

庄太夫は、もう綾と親しくなっている。

「行ってみるか……」

竜蔵は二人に、にこやかに頷いて見せた。

ここへ来て一年。峡竜蔵を慕う人達は確実に増えている。

夏の暑さはまだこれからだ。竜蔵は照れくさそうに額の汗を拭《ぬぐ》うと、外は一転俄《にわか》に

かき曇り、桶《おけ》の水をひっくり返したような夕立ちとなった。

「峡先生！　おいでではございませぬか！」

道場の方で、若い男の声が雨音に負けじと聞こえてきた。

「誰だ……」

竜蔵は、庄太夫と道場へ向かうと、雨に濡れた若侍が一人、出入りの縁に畏まっていた。

「お前は……」

「神森新吾にござりまする」

先日、竜蔵に和之進の詭計《きけい》を告発しに来て以来、仮病をしていろと言ったものの、気になっていた新吾の姿を見て、竜蔵はほっと顔を綻ばせた。

「この前はよく思い切ったな。出世の道は厳しいが、お前の男はあがったってもんだ。まあ、どうせ通り雨だ。ゆっくりしていけ」

「雨宿りに来たのではありません！　先生、わたしを弟子にして下さい！」

「弟子だって……」

顔を見合う竜蔵と庄太夫の前で、許しが出るまで帰らぬ気迫を新吾は見せている。

「雨宿りじゃねえってよ……」

さて、どうしたものかと、庄太夫に目で問いかける竜蔵の顔はどこか嬉しそうであった。

雨はなかなか止みそうになかった。

本書は、ハルキ文庫（時代小説文庫）の書き下ろしです。

文庫 小説 時代
お 13-1

剣《けん》客《かく》太《たい》平《へい》記《き》

著者 岡《おか》本《もと》さとる
2011年9月18日第一刷発行

発行者 角川春樹

発行所 株式会社 角川春樹事務所
〒102-0074 東京都千代田区九段南2-1-30 イタリア文化会館

電話 03(3263)5247[編集] 03(3263)5881[営業]

印刷・製本 中央精版印刷株式会社

フォーマット・デザイン&シンボルマーク 芦澤泰偉

本書の無断複写・複製・転載を禁じます。定価はカバーに表示してあります。落丁・乱丁はお取り替えいたします。
ISBN978-4-7584-3590-1 C0193
©2011 Satoru Okamoto Printed in Japan
http://www.kadokawaharuki.co.jp/[営業]
fanmail@kadokawaharuki.co.jp[編集] ご意見・ご感想をお寄せください。

時代小説文庫

ハルキ文庫

剣客同心㊤

鳥羽 亮

隠密同心長月藤之助の息子・隼人は、事件の探索中、
謎の刺客に斬殺された父の仇を討つため、
事件を追うことを決意するが——。傑作時代長篇、待望の文庫化（全2巻）

剣客同心㊦

鳥羽 亮

父・藤之助の仇を討つため、同心になった長月隼人。
八吉と父が遺した愛刀「兼定」で、隼人は父の仇を討つことはできるのか!?
傑作時代長篇、堂々の完結。（全2巻）（解説・細谷正充）

（書き下ろし）弦月の風 八丁堀剣客同心

鳥羽 亮

日本橋の薬種問屋に入った賊と、過去に江戸で跳梁した
兇賊・闇一味との共通点に気づいた長月隼人。
彼の許に現れた綾次と共に兇賊を追うことになるが——書き下ろし時代長篇。

（書き下ろし）逢魔時の賊 八丁堀剣客同心

鳥羽 亮

夕闇の瀬戸物屋に賊が押し入り、主人と奉公人が斬殺された。
隠密同心・長月隼人は過去に捕縛され、
打首にされた盗賊一味との繋がりを見つけ出すが——。

（書き下ろし）かくれ蓑 八丁堀剣客同心

鳥羽 亮

岡っ引きの浜六が何者かによって斬殺された。
隠密同心・長月隼人は、探索を開始するが——。町方をも恐れぬ犯人の
正体とは何者なのか!?　大好評シリーズ。

(書き下ろし) **黒鞘の刺客** 八丁堀剣客同心
鳥羽 亮
薬種問屋に強盗が押し入り大金が奪われた。近辺で起っている
強盗事件と同一犯か?　密命を受けた隠密同心・長月隼人は、
探索に乗り出す。恐るべき賊の正体とは!?

(書き下ろし) **赤い風車** 八丁堀剣客同心
鳥羽 亮
女児が何者かに攫われる事件が起きた。十両と引き換えに子供を
連れ戻しに行った手習いの男が斬殺され、その後同様の手口の事件が
続発する。長月隼人は探索を開始するが……。

(書き下ろし) **五弁の悪花** 八丁堀剣客同心
鳥羽 亮
八丁堀の中ノ橋付近で定廻り同心の菊池と小者が、
武士風の二人組みに斬殺される。さらに岡っ引きの弥十も敵の手に。
八丁堀を恐れず凶刃を振るう敵に、長月隼人は決死の戦いを挑む!

(書き下ろし) **遠い春雷** 八丁堀剣客同心
鳥羽 亮
江戸市中で、町人の懐を狙った辻斬りが続けて起こった。
南町奉行所隠密廻り同心の長月隼人は、手下とともに
事件の周辺を探り始め、続発する殺しのある違いに気づくが……。

(書き下ろし) **うらみ橋** 八丁堀剣客同心
鳥羽 亮
神田鍛冶町の薬種問屋に賊が押し入り、八百両もの大金が奪われた。
長月隼人は、犯人探索の途中で、大金を奪われ自殺した問屋の息子・
島次郎兄妹と出会う。哀しみを背負った兄妹の願いに、隼人の怒りの剣が唸る。

新装版 **橘花《きっか》の仇《あだ》** 鎌倉河岸捕物控〈一の巻〉
佐伯泰英
江戸鎌倉河岸の酒問屋の看板娘・しほ。ある日父が斬殺されたが……。
人情味あふれる交流を通じて、江戸の町に繰り広げられる
事件の数々を描く連作時代長篇。(解説・細谷正充)

新装版 **政次、奔《はし》る** 鎌倉河岸捕物控〈二の巻〉
佐伯泰英
江戸松坂屋の隠居松六は、手代政次を従えた年始回りの帰途、
刺客に襲われる。鎌倉河岸を舞台とした事件の数々を通じて描く、
好評シリーズ第２弾。(解説・長谷部史親)

新装版 **御金座破り** 鎌倉河岸捕物控〈三の巻〉
佐伯泰英
戸田川の渡しで金座の手代・助蔵の斬殺死体が見つかった。
捜査に乗り出した金座裏の宗五郎だが、
事件の背後には金座をめぐる奸計が渦巻いていた……。(解説・小梛治宣)

新装版 **暴れ彦四郎** 鎌倉河岸捕物控〈四の巻〉
佐伯泰英
川越に出立することになったしほ。彼女が乗る船まで見送りに向かった
船頭・彦四郎だったが、その後謎の刺客集団に襲われることに……。
鎌倉河岸捕物控シリーズ第４弾。(解説・星 敬)

新装版 **古《こ》町《まち》殺し** 鎌倉河岸捕物控〈五の巻〉
佐伯泰英
開幕以来江戸に住む古町町人たちが「御能拝見」を前に
立て続けに殺された。そして宗五郎をも襲う謎の集団の影！
大好評シリーズ第５弾。(解説・細谷正充)

時代小説文庫

ハルキ文庫

新装版 引札屋おもん 鎌倉河岸捕物控〈六の巻〉
佐伯泰英

老舗酒問屋の主・清蔵は、宣伝用の引き札作りのために
立ち寄った店の女主人・おもんに心惹かれるが……。
鎌倉河岸を舞台に織りなされる大好評シリーズ第6弾。

新装版 下駄貫の死 鎌倉河岸捕物控〈七の巻〉
佐伯泰英

松坂屋の松六夫婦の湯治旅出立を見送りに、戸田川の渡しへ向かった
宗五郎、政次、亮吉。そこで三人は女が刺し殺される事件に遭遇する。
大好評シリーズ第7弾。(解説・縄田一男)

新装版 銀のなえし 鎌倉河岸捕物控〈八の巻〉
佐伯泰英

荷足船のすり替えから巾着切り……ここかしこに頻発する犯罪を
今日も追い続ける鎌倉河岸の若親分・政次。江戸の捕物の新名物、
銀のなえしが宙を切る!　大好評シリーズ第8弾。(解説・井家上隆幸)

新装版 道場破り 鎌倉河岸捕物控〈九の巻〉
佐伯泰英

神谷道場に永塚小夜と名乗る、乳飲み子を背にした女武芸者が
道場破りを申し入れてきた。応対に出た政次は小夜を打ち破るのだが——。
大人気シリーズ第9弾。(解説・清原康正)

新装版 埋みの棘 鎌倉河岸捕物控〈十の巻〉
佐伯泰英

謎の刺客に襲われた政次、亮吉、彦四郎。
三人が抱える過去の事件、そして11年前の出来事とは?
新たな展開を迎えるシリーズ第10弾!(解説・細谷正充)

一の富　並木拍子郎種取帳
松井今朝子
狂言作者、並木五瓶の弟子・拍子郎は「町のうわさ」を集め、師匠に報告に来るのが日課だ。彼は遭遇する事件の真相を次々と明らかにする――。粋でいなせな捕物帳。（解説・細谷正充）

二枚目　並木拍子郎種取帳
松井今朝子
並木拍子郎が集めた“町のうわさ”は材木問屋の祟りに芝居小屋での娘の神隠し……。拍子郎は、遭遇する事件の真相を次々と明らかにしていく。傑作シリーズ第２弾。（解説・安部譲二）

三世相　並木拍子郎種取帳
松井今朝子
貧乏人にも親切だと評判で、診察にもかなりの信用があった医者・良庵が殺された。半月前に良庵の女房を見かけていた拍子郎は、事件に首をつっこむことに……。傑作シリーズ第３弾。（解説・縄田一男）

はぐれ牡丹
山本一力
一乃は夫と息子と深川の裏店で貧しいが幸福に暮らしている。ある日彼女はにせ一分金を見つける。一方で同じ裏店のおあきが人さらいにあってしまう……。感動の時代長篇。（解説・清原康正）

いかだ満月
山本一力
月のうさぎが跳ねたら、明日の吉兆――江戸の義賊として名を馳せた鼠小僧次郎吉が、獄門になった。相棒であった祥吉は、残された次郎吉の妻と息子を命にかけても守ることを誓う。傑作時代長篇。